# POINTS DE BASCULE AMOUREUSE

## GWENOLA KERLAOUEN

© 2020, Kerlaouen, Gwenola
Edition : Books on Demand,
12/14 rond-Point des Champs-Elysées, 75008 Paris
Impression : BoD - Books on Demand, Norderstedt, Allemagne
ISBN : 9782322237784
Dépôt légal : octobre 2020

*En remerciant toutes les personnes
qui continuent à sortir
malgré et contre tout et que j'adore retrouver,
quoiqu'il en soit,
la vie est telle qu'elle est.*

*Merci Anne,
tu aurais aussi bien pu être éditrice
que j'aurais pu être écrivaine.*

« **L'amour est aussi peu problématique
qu'un véhicule.
Ce qui est problématique,
ce sont
les conducteurs, les passagers et les routes.** »
*Franz Kafka*

*Les dessins et les textes n'ont aucun lien. Des personnes de mon entourage ou bien de parfaits inconnus ont bien voulu se faire dessiner. Mais au moment où je les dessinais, je n'avais pas encore le projet de ces textes et ne leur ai par conséquent pas demandé si je pouvais faire quelque chose de ces poses. Malheureusement, certaines personnes sont reconnaissables et j'espère qu'elles ne s'offusqueront pas qu'elles figurent entre les textes.*

*Il m'a semblé important de donner des visages à voir, parce que dans la vie, la vraie vie, nous avons pris l'habitude de passer les uns à côté des autres sans s'imaginer que nous passons à côté de personnes plus intéressantes les unes que les autres. Malheureusement, nous nous imaginons que les gens sont insignifiants et nous passons notre chemin. Alors que nous ne savons rien d'eux, ni eux de nous surtout et nous ne nous laissons ni le temps ni le loisir de nous connaître pour ce que nous sommes.*

*Ce ne sont que des scènes de la vie réelle que je décris et je souhaiterais les faire revenir dans nos vies actuelles. Des rencontres autres que numériques, tellement plus riches, imprévisibles et drôles que celles que nous espérons avoir derrière nos écrans. Et tant pis, si nous sommes quelques unes et quelques uns à être au bord de la crise de nerfs, à un point bascule.*

*A la lecture des textes et l'observation des dessins, il doit bien y avoir des gens à caser les uns avec les autres, simplement, authentiquement, sans passer par des algorithmes ou mensonges divers.*

*J'insiste, les dessins sont aussi importants sinon plus encore que les textes, c'est aussi cela qui m'importait dans cette juxtaposition. Les premiers livres que je lisais étaient toujours accompagnés de dessins. Petite fille, je prenais beaucoup de temps à colorier ces dessins et tout en les coloriant, à un âge encore très tendre, je me rendais compte qu'un dessin pouvait m'apporter davantage de renseignements qu'un long texte. Et c'est par le coloriage que la passion du dessin m'est venue. Une passion débordante, acharnée, encombrante qui accompagne toute ma vie.*

*Le dessin était donc présent bien avant l'envie d'écrire. Certains portraits ont fait naître des textes que j'ai fini par coller à côté d'autres portraits. Cela tout en mêlant des caractères de personnes que j'ai pu rencontrer ou bien des traits qui me caractérisent personnellement. Donc, si contestation il devait y avoir, elle serait de nature surtout schizophrène. Il s'agit d'une recherche authentique et pas uniquement réelle. Puis, si ce n'est pas un minimum personnel, à quoi bon?*

*Autre fait important, les prénoms n'ont aucun lien non plus, ni avec les dessins ni avec les textes. Par ailleurs, aucune des personnes dessinées ou décrites qui ont pu me servir vaguement d'inspiration ne porte un prénom breton…*

## GWENDOLINE

Une commande! Je n'en reviens pas, une première vraie commande. L'homme le plus beau de toute la Bretagne veut me passer commande. Commande d'un tableau. Ma maison est pleine de peintures et dessins, mais comme je n'ose exposer nulle part, je ne rentre même pas dans mes frais. J'utilise des peintures de qualité qui vieilliront bien. C'est ce que j'espère de moi-même, bien vieillir, mais je me rends compte que je n'ai que peu d'influence pour y arriver. J'ai de plus en plus l'impression de subir une obsolescence programmée.

J'arrive au bout d'une vie qui aurait pu être signifiante, mais à partir de maintenant, je suis mise au rebut. Au moins que mes tableaux vieillissent bien, cela m'est aussi important qu'un vin qui doit avoir bien vieilli. Mais voilà, ça représente un certain budget, un budget certain.

Je l'entends encore, alors que ça fait longtemps que c'est fini. Il n'a eu de cesse de me le répéter, « Tu ne gagneras jamais un clou avec tes tableaux! » Ce n'est pas à cause de ce mépris de mon travail que j'ai demandé le divorce après toutes ces décennies de mariage. Mais disons qu'à un moment donné, la coupe était pleine. Et ces assassinats, ces flèches empoisonnées, ces piques, trop, c'était trop. Et alors! Ce n'est pas parce qu'on ne vend pas qu'une passion ne peut être valable. On peut tout de même prendre son pied gratuitement aussi des fois, non?

Et ça, je ne m'en étais même pas rendue compte. C'était dans un excellent cours pour adultes aux Beaux-Arts. Ils sont tous excellents, d'ailleurs, tous les cours, tous les profs de Beaux-Arts de Bretagne. Je les ai à peu près tous testés.

Nous devions faire je ne sais même plus quel sujet, quelle technique, quel défi. En termes de création, je ne fais rien à moitié, c'est sûr. J'ai donc dû être complètement absorbée par mon travail, parce que je ne m'étais même pas rendue compte qu'un de mes camarades de peinture était juste à côté de moi. Il devait y être depuis un moment et a fini par se pencher non pas au-dessus de moi, mais pour ainsi dire en-dessous de moi, entre ma peinture et moi. Ses cheveux quasiment collés à mon oeuvre, misère! Et son regard vers le haut, vers moi, à quelques centimètres seulement de mon visage. Tout ça pour me dire, « Mais tu es en train de prendre ton pied-là! ». Là encore, et alors! Je n'ai jamais compris à quoi ça se voyait, comment il s'en était rendu compte. Je n'ai tout de même pas disons, respiré très fort?

Comme pour cette autre relation, où l'homme a dit devant mes copines, qu'il n'y a pas que la beauté extérieure qui compte. Du grand n'importe quoi, je suis une vraie beauté extérieure. Je ne lui ai jamais dit que c'est à cause de cette « petite » phrase que j'ai tout stoppé, s'il ne l'a pas compris par lui-même sur le coup ou par la suite, ça ne servait à rien non plus que je le lui dise. Il m'aurait taxée de susceptible, ce que je ne suis pas.

Mais là, c'est fini tout ça. Je suis sur un petit nuage. En allemand, quand ils parlent d'un bonheur absolu, ils disent qu'ils sont sur le nuage numéro sept. En anglais, ils parlent du septième ciel et moi, je suis sur le nuage numéro sept au septième ciel. Un homme qui n'a pas encore vu une seule de mes oeuvres pour de vrai, veut me passer commande. Il est extraordinairement beau, certainement le tableau que je m'apprête à faire, mais surtout le commanditaire. Se pourrait-il qu'il soit aussi extraordinairement fin, attentif et attentionné, en plus d'être fin connaisseur d'art? Ou cette commande lui sert-elle de prétexte pour rester en contact avec moi?

Je rêve. Il m'a écrit « Je te revaudrai ça ». Mais moi, ce n'est pas de l'argent que je veux de sa part. Je ne veux pas qu'il y ait des histoires de sous entre nous. Du tout. Il ne sait même pas à quoi il s'engage. C'est sûr, ce n'est pas des sous que je vais lui demander, mais une belle histoire, un amour parfaitement filé, tricoté, crocheté. Peu importe le temps que ça prendra ou durera. Mais seulement comment y parvenir?

Déjà, il n'a qu'à venir à la maison, voir l'existant, c'est ce que je viens de lui proposer par messagerie. Je lui dis que ma maison, c'est plutôt un univers qu'une maison, comme ça, il est prévenu, parce que c'est vrai que des tableaux, il y en a partout et plus personne n'a l'habitude de voir des murs pleins de tableaux, sauf dans les châteaux. Mais voilà, plus personne ne va visiter des châteaux et ma maison ce n'est pas un château et pourtant, elle est remplie de tableaux. Il faut être prévenu pour ne pas faire demi-tour dès la porte d'entrée.

Il est d'accord pour passer chez moi! Il me dit, « Je te parlerai de mes désirs ». Oh oui alors! Mais par pitié, pas que de tes désirs de tableau. Parce que ça va être difficile, je t'écouterai et n'en ferai pourtant qu'à ma tête. Je me vois déjà me retrouver avec une oeuvre monumentale, qui ne sera même pas sortie de ma tête et ne satisfera pourtant pas le commanditaire non plus, à ne pas pouvoir la caser chez moi, juste parce que je n'aurai pas su écouter et faire ce qu'il voulait. Parce que je sais bien que je suis comme ça et qu'il n'y a rien à y faire.

Mais on n'en est pas là encore. Si ce marché se fait, il ne faudra pas plus tard faire analyser l'oeuvre par des experts, la passer sous des rayons X. Parce qu'il y aura plusieurs couches, c'est certain. Et je ferai un fond d'écritures tendres, de mots doux, de déclarations d'amour. Rien au petit bonheur, rien de salace, graveleux, obscène. Que des expressions du bonheur vrai et pur.

Mais voilà le problème, il vient a priori à un moment, où les enfants seront là et les petits enfants aussi. La maison sera pleine de gens que j'adore et que je voudrais pourtant faire disparaître le temps de son passage. Comment faire? Je viens de lui demander par messagerie de me prévenir dès qu'il sait à peu près à quel moment il pourrait venir, parce que pour l'instant ça peut être tout le weekend, entre vendredi fin après-midi et dimanche soir. Histoire que j'ai le temps de filer des tickets de manège ou en prétextant que je n'ai plus de pain ou je ne sais quoi encore pour que seulement, je sois seule avec lui dans ma maison.

Sa réponse est floue, lui non plus, il n'a pas beaucoup de visibilité pour sa fin de semaine. Beaucoup de travail, la pelouse à tondre, un voyage à préparer, la fatigue accumulée. En même temps, c'est bien qu'il ne vienne pas fatigué, on risque des malentendus, des énervements, des états pas dans nos assiettes. Pire que la fatigue, il n'y a que la maladie et la mort bien sûr. Alors évitons.

Il faut quand même que l'entrevue ait lieu aussi. Et qu'on communique autrement que par messagerie. Du coup, je m'excuse, je dis que j'ai écrit n'importe quoi, qu'il peut passer quand il veut, sans forcément prévenir à l'avance ou qu'il peut se désister au dernier moment. Et je suis explicite, « à l'âge que nous avons, nous n'avons plus le besoin ni l'envie de complications: tu viens quand tu veux ou peux, ça peut aussi être aussi simple que ça. »

## YANNIG

Oh, mais je les connais toutes! Tellement prévisibles, toujours. Ce n'est même pas que je choisis le même type de femme, elles sont toutes pareilles de toute façon. Toujours à la recherche du grand amour, toujours en manque d'attention et de caresses qui ne sont pas censées aller plus loin. C'est tellement facile de les faire tomber par de petites phrases comme "Je te trouve vraiment ravissante!" en se retournant vers elles alors qu'on fait la queue pour leur payer une bière, il faut en profiter de ces petits moments où il n'y a rien à faire de toute façon. Surtout ne les laisser à aucun moment seules, elles pourraient se mettre à réfléchir, pire, penser. Juste les deux, trois premières fois.

Il ne faut pas les quitter d'une semelle, il faut inventer des compliments toujours plus ambigus, puis à nouveau tendres, les prendre par leur petite main, leur faire ressentir nos grandes mains toutes chaudes. C'est là que je vois à qui j'ai à faire. Plus leurs mains sont froides, plus elles sont chaudes. Car mon expérience m'a prouvé que le dicton "Mains froides, coeur chaud" ne va pas assez loin. Mais les anciens l'avaient certainement aussi compris, seulement voilà, il fallait qu'ils prennent encore plus de pincettes autrefois. Mais tiens, est-ce qu'ils avaient déjà des pincettes, depuis quand ça existe les pincettes? Et en même temps on s'en balance.

C'est dingue, je savais tout, tout d'elles, tout sur elles, plus aucun défi. J'étais tellement malin qu'il n'y avait même plus aucun mystère. Mais ça m'arrangeait bien, c'était comme une procédure qualité ou quand tu suis une fiche technique, un manuel d'utilisation ou des instructions de montage. Ou un plan comptable. Il peut même y avoir de petites erreurs, des fautes de frappe, des imprécisions, mais on ne te la fait pas, t'en as déjà tellement bouffé de ces écrits techniques que t'en as quasiment plus besoin, tellement c'est devenu intuitif, que tu peux vraiment t'en passer. Mais ça fait du bien, ça rassure et c'est l'habitude.

Et puis je tombe sur elle! Un vrai os! Non, pas vraiment, en fait. Elle est vraiment belle, mais pas vulgairement belle, comme celles que je choisis habituellement, des formes qui débordent de partout et que même habillées tu sais très bien à quoi elles ressemblent toutes nues, alors qu'elles sont encore habillées. C'est pour ça, j'ai toujours envie de savoir si j'ai raison. Elles finissent toujours par se mettre toutes nues toutes seules. Parce qu'au moment où on passe à des choses sérieuses, je les gère tellement que je n'ai même plus besoin de leur dire ce que je veux qu'elles fassent. Parce que ça va pas, non! Je ne vais pas en plus les aider à se déshabiller.

M'emmerder avec des fermetures à la con. C'est à te faire débander tout de suite alors qu'elles sont persuadées de te faire plaisir. A se planter avec des boutons devant et derrière à ne plus finir, des fermetures toujours différentes. Tu serres, tu tires, vers le haut, vers le bas, à gauche, à droite, en l'air, vers elles. Va comprendre! Elles n'ont qu'à se planter avec des scratch. C'est sûr, je ne voudrais pas non plus qu'elles débarquent avec des vêtements amples.

Faut pas qu'elles se laissent aller quand-même. Parce que le laisser-aller, je n'aime pas ça. Une qui s'apprête et s'habille bien quand elle sort, mais que tu vois complètement relâchée quand tu la croises par hasard en ville, au point que tu te planques pour que personne ne te voie avec elle. Car ça, ça ne va pas. Alors là, carrément pas. Et dès que je sens que je suis avec une comme ça, un cas limite, je la laisse tomber vite fait, bien fait. Parce qu'à un moment donné, ça finit par se savoir qu'elle est avec moi, que je la sors, qu'elle sort avec moi, qu'elle pense qu'on est ensemble et le dit à tout le monde. Et moi, j'ai l'air de quoi après ?

De toute façon, dès que je sens que ça ne va pas tarder, c'est à ce moment-là que je commence à les éviter. Une fois que je leur ai bien fait comprendre le concept du laisser-aller à éviter à tout prix, elles sont tellement flippées qu'elles ne pensent plus qu'à assurer. Et elles assurent tellement qu'elles ne pensent plus. A ce stade, on a déjà été intimes de toute façon pour ne pas dire autrement et par conséquent, elles ne m'intéressent plus.

Elles sont presque touchantes à vouloir me faire plaisir à tout prix, de toutes les manières et en permanence. Mais voilà, elles sont ridicules en fait. Comme je suis bon gestionnaire, j'en ai toujours une autre que je viens de commencer à cuisiner. Qui est fin prête à être cueillie. Et l'autre, je l'évite tellement à ce stade qu'elle commence à avoir honte, à s'en vouloir, à se faire des reproches à elle-même, qu'elle est persuadée que tout est de sa faute qu'elle ne dira rien à personne. Elle disparaît en général de la circulation pour un bon moment.

C'est ça, oui, la solidarité féminine, on peut dire ce qu'on veut, ça n'existe pas. Et c'est bien pour ça que tout marche comme sur des roulettes, toujours. Si alors, elles me collent toujours aux baskets, là je sors l'arme fatale et je dis que, désolé, je ne sais pas du tout où j'en suis en ce moment. Ou que c'est allé trop vite pour moi. Et ça, ça marche toujours. Parfois, elles veulent tellement me consoler que si jamais ça ne marche pas encore avec la nouvelle, je me laisse faire. Faut pas être con non plus.

C'est sûr, quelquefois, ça te prend quasiment un temps partiel. Heureusement que je suis chef et que je sais et peux déléguer. C'est grâce à mon job que j'ai tout compris. Toutes ces formations commençaient à bien m'ennuyer quand j'ai enfin compris que toutes les méthodes de stratégies managériales, ça marche encore mieux sur les femmes qui cherchent l'âme sœur.

Donc, plus je délègue, moins j'ai à faire, plus je mets la pression, moins on me critique. Et le réseau, qu'est-ce que c'est important le réseau! Ce n'est pas tellement qui tu es, mais qui tu connais. Du coup, j'en cuisine une et je regarde qui sont ses copines. Des fois, elles sont carrément mieux que celle sur qui j'ai jeté mon dévolu en premier. Comme je ne veux pas en perdre une miette, je couche quand-même avec la première et au moins, je n'ai même pas de scrupules à la lâcher vite fait bien fait. Parce qu'il faut pas croire, je ne suis pas un salaud quand-même.

Parfois, c'est sûr, elles m'énervent à ne pas s'épiler correctement. Je leur dis gentiment ce que les autres font faire de nos jours. Je ne leur dis pas que même en Amazonie, il n'y a même plus une vraie forêt vierge comme ça. Puis, je n'ai encore dit à aucune de se faire refaire les seins. En dessous de la taille de bonnets B, je ne vois pas la fille de toute façon et je préfère savoir ce que je tripote, parce que quand on écoute les nouvelles, tu te demandes si certaines femmes ne sont pas devenues des sites Seveso.

Non, mais elle, elle est folle, et elle, c'est moi qu'elle rend dingue. Je n'ai toujours rien compris, ça doit faire des années qu'on va aux mêmes soirées et je ne l'ai jamais remarquée. Elle me dit qu'elle ne m'a jamais vu non plus. Alors que ce n'est pas possible, elle connaît tellement de gens que je connais. Et ces gens-là, tu ne les vois qu'à ces soirées-là. Tous à la recherche.

Tu cherches, tu trouves. Tu parles, ils sont tous tellement pathétiques, les filles pareil, personne ne sait s'y prendre, ne sait y faire. C'est bien pour ça que ces soirées, c'est une autoroute pour moi. Tu peux aller à pleine vitesse, de toute façon tu sais où sont tous les radars. Tu ralentis un peu et après tu fonces à nouveau.

Elle n'a même pas honte, elle. Elle raconte des trucs sur moi, c'est sûr, à des gens que je connais, voire à mes potes. Et ces cons continuent à lui tourner autour. Je rêve. Elle va finir par les faire manger dans sa main et moi, je vais perdre mes potes.

Quand je la vois là, avec sa belle petite robe, la classe, la vraie classe. J'ai cru bien faire de lui sortir mon discours sur le laisser aller, mais merde, elle n'en avait pas besoin. Je viens de la mettre à distance alors que c'est la plus belle de toutes. Elle m'en a parlé de cette robe en tissu italien acheté à Zagreb, mais je n'ai pas eu idée de penser à l'effet que pouvait avoir un tissu italien, ou c'est la coupe de la robe, qu'est-ce que j'en sais, mais le résultat est époustouflant. Ou c'est sa nouvelle coupe de cheveux, décidément, elle a vraiment fait exprès!

Merde, merde, merde. Là, vraiment c'est la perfection et moi par la force des choses, je dois me contenter de filles en robes polyester et polyamide. J'ai même dit à mes potes qu'elle ne m'intéresse plus. Quel con, mais quel con! Encore jamais je ne me suis fait prendre de telle sorte. Prendre pour un con. Je dois assurer avec des pétasses, des pouffes, oui, qui me tournent autour avec leurs robes moches et de mauvais goût.

Et elle? Elle sort avec un tissu tellement naturel, tellement beau, t'as envie de le toucher, la toucher. T'as envie de la regarder longtemps dans cette belle robe, t'as même pas envie de la lui enlever. Bien sûr que tu as carrément envie de la lui enlever, mais pas tout de suite. Là, c'est du sérieux.

Si j'y pense, pas plus tard que cet après-midi, je lui ai fait comprendre que je ne réponds plus au moindre message et pas tout de suite de toute façon. Puis, j'en ai remis un couche par SMS, que je trouve que nos rythmes de vie sont trop éloignés.

J'avais envie d'une soirée tranquille à sonder le marché, c'est tout de même une des plus grandes soirées de l'année. Je voulais voir ce qui se présente d'autre, de nouveau ou de nouvelle plutôt, si j'ose dire.

Je n'avais pas trop envie d'y aller avec elle, qu'elle reste scotchée à mes côtés toute la soirée. Elle n'allait pas me foutre en l'air une grosse soirée comme ça, parce qu'après, il faut que tu attendes encore un an. Et là, c'est avec elle que je voudrais être. C'est dingue, des centaines de nanas, et tout le monde ne voit qu'elle, moi y compris. Et mes potes qui n'arrêtent pas de lui tourner autour, à me demander si je suis sérieux de ne plus vouloir d'elle, si sérieusement, elle ne m'intéresse plus.

Non, mais je ne la crois vraiment pas, elle devrait être en train de mouiller son oreiller à l'heure qu'il est. Elle aurait dû faire preuve du laisser-aller le plus monstrueux que l'on puisse s'imaginer et se rendre compte que ce n'était vraiment plus la peine de sortir danser. Que tout était de sa faute, qu'elle n'avait qu'à se plier à mes rythmes, qu'elle était moche et même pas digne de moi.

Mais non, qu'est-ce qu'elle me fait là! Elle joue la reine de la soirée. Le pire, ce n'est même pas qu'elle joue la reine. La reine, c'est elle. Et je la découvre de nouveau, depuis qu'elle m'avait tapé dans l'oeil, j'ai beaucoup dansé avec elle. Mais là, je la vois danser avec les autres et merde, elle a des jambes comme personne. Quand je dansais avec elle, je ne la voyais pas de la même manière, pas assez de distance pour admirer le spectacle de ses gambettes.

Et là, je suis vraiment con, parce que de belles jambes, c'est vraiment essentiel. Même plus que de gros seins. De toute façon, on s'en tape sérieusement, de toute façon plus ils sont gros, plus ils finissent par tomber au fil des années. Alors que si elle développe des varices ou tâches brunes, elle n'a qu'à mettre des collants opaques.

Non, vraiment, je ne sais pas quoi faire, m'approcher d'elle à nouveau, de nouveau, une nouvelle fois, d'une nouvelle manière? Je suis cuit, c'est certain, je ferais aussi bien d'aller me coucher. Tiens, c'est ce que je vais faire! Et peut-être bien que je me regarde le dernier « l'amour est dans le pré » que j'ai loupé, avant de me coucher.

**ENORA**

Quand y en a marre, y en a marre. Elles m'énervent, les copines. Je n'ai qu'à me mettre sur un site comme tout le monde. Qu'est-ce qu'elles en savent, elles ? Elles ont tiré les bons numéros, des maris géniaux, avec elles comme avec leurs enfants, qui restent avec elles coûte que coûte. Ils les portent toujours dans leurs bras, dans leurs cœurs. Le mien était comme ça au début, puis je ne sais même par où les ennuis ont commencé à tout briser, à tout casser, mais ce qui est sûr, c'est qu'ils m'ont menée directement à la séparation, puis au divorce.

Alors qu'elles ne sont même pas plus belles, plus intelligentes, plus gentilles que moi. Je cuisine plutôt mieux, je suis toujours de bonne humeur, je m'adapte à tout et dans les bonnes années, même mon mari disait bien de moi que j'étais « une fille pleine de ressources ». Alors pourquoi je ne peux pas rencontrer quelqu'un d'à peu près bien depuis des années, je dis encore des années, alors qu'il faudrait plutôt commencer à dire des décennies.

Et au fil des années, mes exigences se sont de toute façon effritées. Je n'ai qu'à me prendre un migrant. Non mais, elles s'entendent parler ? Je vais finir par me fâcher avec mes meilleures amies. Elles ont vu l'âge des migrants ? Un peu de décence quand-même. Je veux bien rester dans ma classe d'âge, mais les hommes ? Ceux de mon âge cherchent toujours plus jeune qu'eux, quitte à mentir sur leur âge et pour certains, c'est facile, ils vieillissent souvent mieux que nous les femmes.

Je ne peux pas me mettre sur un site juste comme ça, comme si je me commandais un livre que je ne trouve pas en librairie. Je vais peut-être sonder un peu comment les autres s'y prennent. Mais vas demander à tes concurrentes de te donner leurs recettes! Je n'ai qu'à me créer un profil mec, je prends n'importe quelle photo libre de droit et me trouve un nom, puis on verra bien ce que les filles à la recherche me répondent.

Un nom passe-partout courant pour des hommes disons de mon âge. Jean-Marie, tiens. Si je mets Yann-Mai, je n'aurai que des Breizh Atao, et ça, pas sûr que ça m'intéresse, même si c'est des femmes alors que je cherche un homme. J'ai déjà suffisamment donné sans être acceptée. Puis, elles vont se mettre à me causer en breton.

Faut que je garde ça dans la tête, j'arrangerai mon prénom breton, me donnerai un prénom bien français, le jour, où je me créerai un vrai profil rien qu'à moi.

Jean-Marie n'a même pas soixante ans, il ne fume pas, a une belle situation et mange bio. Il est en bonne santé et fait un peu de sport. Un clic et le tour est joué.

Je m'étais juré que je n'allumerai pas l'ordinateur pendant trois jours et que je récolterai les résultats tranquillement après. Tu parles, avant de me coucher, je ne peux déjà pas m'empêcher de regarder. Alors que j'ai réussi à passer trois fois devant mon ordi en croisant mes bras dans le dos. La quatrième fois, je me suis dit, ne soyons pas ridicule.

Quatre réponses, Guillemette, Laurence, Isabelle et Catherine. Même pas froid aux yeux, elles voient un profil nouveau et se jettent dessus. C'est vraiment ça ce qu'il faut faire? Quelles cruches! Que des banalités, elles cherchent une épaule solide, un homme pour pouvoir prouver leur amour tous les jours, faire de bons petits plats à partager, prêtes à partager ses envies et passe-temps. Là, je ne cite que les messages les moins directs.

Quand je vois les fautes d'orthographe, je vois que j'ai toutes mes chances. A moins que cela ne vaille plus rien? Non décidément, là, c'est la claque! Je l'efface le Jean-Marie. Le sommeil porte conseil et demain matin, je me crée mon vrai profil.

Non, je ne dis évidemment à personne ce que j'ai dit sur moi. C'est très personnel après tout et un plagiat est si vite fait. Qu'une autre récolte les fruits de ce que j'ai semé? Pour un peu une copine se ferait un profil semblable.

Ce coup-ci, je tiens trois jours avant de regarder les résultats, parce que si j'efface mon profil le soir même de la création, s'est à se demander pourquoi j'ai payé un abonnement pour six mois. C'est ce que je me donne, six mois, je suis réaliste, ça ne va pas se faire du jour au lendemain.

Trois jours plus tard. Douze réponses, et sur les douze, huit hommes derrière leur moto! Je me demande bien ce que ça veut dire. Ils cachent leur bide comme ça? Ils veulent me faire comprendre qu'ils ont les moyens de s'acheter une petite folie si ça leur plaît? Ils me montrent que leur moto passe avant moi de toute façon? Puis qu'est-ce que ça me dit de l'homme s'il a une Harley, Yamaha, Honda,

Kawasaki, Suzuki, BMW, Triumph ou KTM? C'est un langage que je ne parle pas. Décidément on n'est pas sur la même planète. Je pense à ce fameux best-seller à propos de Mars et Vénus. Je ne l'ai jamais acheté ni lu, quel intérêt, je vois très bien de quoi il peut parler.

J'ignore toutes les réponses truffées de fautes d'orthographe, du coup, il ne reste personne sans moto. Mais trois hommes avec leur moto, un avec une Harley, un avec une Triumph et un avec une KTM. Je leur donne rendez-vous en ville et je verrai bien. Faudrait quand-même qu'ils me prêtent un casque, je ne vais pas en acheter un pour ne le porter qu'une seule fois ou jamais. J'ai déjà assez de vêtements comme ça, plus de place pour m'encombrer avec un casque pour rien.

**DENEZ**

Comment ça se fait que je n'ai jamais osé l'approcher à part l'inviter à danser, une fois par soirée. Depuis des années, et les années filent. A force de me poser des questions, je me suis encore fait griller. Se faire griller par un pote, je n'en reviens pas. Il n'est pas beau, carrément plus vieux et c'est lui qui la fait tomber!

Depuis toutes ces années, je l'invite à danser de temps en temps et je me rends compte que j'adore danser avec elle, alors que tu ne sais jamais par quel côté elle arrive. Quand je la fais tourner, je dois improviser tout le temps. Je la pousse par une main et elle est censée revenir par l'autre main. Mais non, elle fait ce qu'elle veut quand elle veut et tu ne sais jamais où tu en es. Tu as tout réfléchi d'avance et elle te casse ton déroulement. Tu dois t'adapter tout le temps. Mais qu'est-ce qu'on se marre, c'est vrai que je ne rigole avec aucune autre comme ça tout en dansant. C'est un vrai défi et une franche rigolade. Aucune autre fille ne m'a encore jamais autant déstabilisé, au sens propre comme au sens figuré.

Parce que du coup, je ne dois pas seulement réfléchir à la passe suivante, mais carrément à deux passes différentes, sinon trois, parce que c'est peut-être encore mieux et plus sûr si je la prends par ses deux petites mains et je décide après de quelle façon je la fais tourner. On n'a pas été aux mêmes cours, c'est sûr. Il faudrait s'accorder un peu plus avec elle. J'aimerais tellement apprendre des passes avec elle que nous ne danserions que tous les deux, ce seraient nos tours à nous deux.

Je me rends compte qu'elle fait ça avec tout le monde, ils se marrent tous autant. C'est sûr, nous on a tous eu le même prof, et elle, on se demande si elle a fait exprès de prendre des cours ailleurs. Ils font quasiment la queue pour pouvoir danser avec elle. Elle qui ne se fatigue jamais. Elle t'enchaîne les danses sans s'arrêter. Je crois que je n'ai encore jamais vu une fille aussi en forme. Et elle me l'a dit, elle préfère aller danser le samedi soir plutôt que de faire son footing le dimanche matin.

Ce soir, je me dis que c'est aujourd'hui ou jamais, faut que je mette le paquet. Je sais qu'il l'a plaquée, il sait si bien y faire. Il les fait craquer et s'en débarrasse aussitôt. Mais peu importe, peu m'importe. Elle est là ce soir et je la veux. Bon, allez, une bière d'abord.

Elle ne verra pas que je bois juste une petite bière, tellement elle est occupée à danser avec tout le monde tout le temps. Bon, tant qu'elle ne fait que danser avec les autres, je ne vais pas m'énerver.

Que ça fait du bien de boire une bonne bière fraîche, il faut que je fasse descendre ma température de toute façon. Une bière, c'est rien, ça te donne juste un peu de courage, c'est tout. Vite, la dernière gorgée, le morceau est presque terminé et au prochain, c'est moi qui l'invite et après la danse, je lui demanderai si elle va encore quelque part après la fin du concert, parce que ces soirées, elles terminent toujours beaucoup trop tôt. Parce que ça m'intéresse et aussi pour rester papoter que personne d'autre n'ait l'occasion de l'inviter à danser.

Yes! Elle veut bien. Et le morceau me va très bien aussi, du bon rock à pouvoir danser comme des dieux, pas des rythmes tordus qui changent tout le temps. Elle s'amuse bien on dirait, tant mieux, moi aussi.

Non mais, elle dit qu'elle sera trop fatiguée, qu'elle ira se coucher, qu'elle ne connaît même pas la boîte dont je lui parle. C'est ça, oui, au suivant. Elle ne chôme vraiment pas, déjà qu'un autre l'a embarquée sur la piste avant que je puisse rajouter quoi que ce soit. Les mecs, il faudrait suivre un peu les règles de bonne conduite, si on discute avec une fille, faudrait qu'on nous laisse tranquille.

Si on se boit une bière? C'est le pote qui l'a plaquée qui veut boire un verre avec moi! Mais ça va pas, oui! Un peu de décence, bordel! Je suis sûr qu'il vient là parce qu'il m'a vu danser avec elle et qu'il veut me montrer que même s'il l'a plaquée, elle est encore un peu à lui quand-même.

D'un autre côté, j'apprendrai peut-être des choses sur elle. Non, ça ne se refuse pas, ça me donnera des idées pour la prochaine approche. Je ne sais pas pourquoi je bois une bière avec lui, il ne débit que des banalités et je ne peux pas lui poser des questions sur elle de but en blanc non plus. Mais qu'est-ce qu'elle a fait avec ce type? Tant mieux si elle danse suffisamment loin que je ne peux même plus la voir, comme ça elle ne voit pas non plus qu'on boit un coup tous les deux.

Je finis cette bière interminable et vers la fin du deuxième morceau de musique, j'y retourne. Je vais déjà voir de quel côté de la salle elle est maintenant. Ah, c'est trop bête d'être un mec, je ne me rappelle même pas comment elle est habillée. C'est son sourire qui me fait craquer, pas ses fringues. Mais va chercher quelqu'un dans une foule pareille par son seul sourire.

Enfin, ça y est, j'ai failli ne pas la trouver à temps et être obligé d'attendre un morceau de plus et certains peuvent être interminables. Avec un peu de chance, je suis dans son secteur à temps.

Elle est incroyable, son visage s'illumine quand tu l'invites à danser, alors qu'elle n'arrête pas de danser. D'autres filles doivent toujours faire une pause et tu ne sais jamais si c'est par fatigue ou parce que c'est toi qui les fatigues. J'y pense, je crois vraiment qu'elle n'a pas loupé un seul morceau de musique alors que le concert touche à sa fin. C'est sûr, elle doit être en super forme physique et moi, vraiment, j'adore ça. On pourra tout faire ensemble, courir ensemble, gravir des montagnes ensemble, faire du vélo ensemble, tout, tout, tout. Plus j'y pense, plus je l'adore. Le rêve, quoi. C'est ce qui m'a toujours manqué avec les autres nanas.

Toujours des plans plan-plan ou vouloir faire les boutiques dans les centres commerciaux alors qu'il fait beau dehors. Ou alors, elles veulent boire du thé tout le temps. Puis, faut qu'elles allument des bougies pour un rien et il faut causer, causer, causer pour toujours rien dire.

Maintenant que je la regarde, je me rends compte qu'elle ne doit pas y aller du tout au centre commercial, vu comment elle est habillée. On se demande où elle déniche ses vêtements, pour ce que j'en comprends, c'est un mélange vintage et grande classe inclassable et certainement introuvable en prêt-à porter.

Vraiment, c'est la fille qui aura dansé le plus de la soirée. Et là, c'est avec moi qu'elle danse pour la deuxième fois de la soirée. Merde, faut que j'arrête de penser, elle m'arrive encore du mauvais côté et elle se marre. Et moi, à force de la voir se marrer d'aussi bon coeur, je me marre au point que je me demande si je ne vais pas écraser une larme à force de rire. Et que ça recommence, gauche, droite, droite, mais pourquoi elle arrive par la droite quand elle doit normalement arriver par la gauche? Elle me rend fou, et je ne demande que ça. Je dois rester concentré parce que je ne sais même pas ce que je vais pouvoir lui poser comme question à la fin de la danse.

Elle ne sait même pas qui c'est, c'est ce qu'elle me répond quand je lui demande si je peux avoir son numéro de portable pour l'appeler, si elle veut venir à une soirée la semaine prochaine chez un ami à moi. C'est un weekend où il n'y a pas de soirée rock justement. Mais elle se rend seulement compte? Je suis prêt à attendre toute une semaine, à m'emmerder au boulot et ne penser qu'à elle et je n'ai toujours rien de concret?

Et hop, la voilà qui repart danser avec le pote qui vient de la plaquer, qui vient de me payer une bière! A quoi ils jouent, l'un à me charrier, l'autre à se moquer de moi?

Du coup, là, c'est bien une bière qu'il me faut! De toute façon il m'en faut au moins quatre ou cinq avant de commencer à perdre l'équilibre, ou ne pas pouvoir dire ce que je veux dire et je n'ai pas l'alcool mauvais de toute façon. D'accord, j'ai déjà bu une bière avant de venir à la soirée pour me mettre d'attaque, mais ça fait déjà si longtemps, que ça ne compte plus. Une bière, trois morceaux de musique sacrifiés, il faut au moins ça pour encaisser le coup tordu que viennent de me jouer ces deux-là.

En même temps, ça en dit long sur le pote, mais elle, elle doit être chouette quand-même à ne pas être rancunière, à ne pas se prendre la tête. Et elle aura déjà dansé deux fois avec moi, alors qu'elle danse pour la première fois de la soirée avec lui.

Zut, la soirée va bientôt se terminer, je fonce. Troisième danse troisième oui, je veux bien. Je bouge un peu moins, histoire de ne pas sentir la bière me monter à la tête, parce que parfois, il faut sacrément ramasser les filles quand elles glissent avec leurs talons ou qu'elles perdent l'équilibre d'elles-mêmes. Là, c'est quand-même bien de pouvoir leur montrer qu'elles peuvent compter sur nous. Mais du moment que je la fais tourner autant, elle ne verra que du feu de mon état. J'avoue que j'ai peut-être un peu poussé sur la bière quand-même.

La danse se termine, et bientôt la soirée aussi. Je lui demande si je peux quand-même avoir son 06, comme ça, je peux lui dire s'il y a quand-même une soirée quelque part le weekend prochain, alors qu'il n'y a rien d'annoncé. C'est juste pour la prévenir, en cas où. Elle me dit qu'elle n'a pas de 06! Et je me demande déjà dans quel monde elle peut bien vivre et ça doit se voir, parce qu'elle me dit que c'est un 07 qu'elle a.

Quel toupet, quel tac au tac, quelle femme! Et voilà qu'elle disparaît avec un autre danseur, gros bidon, très, très vieux, mal habillé, ça m'étonnerait même pas qu'il sente mauvais par dessus le marché. Je danse avec quelqu'un d'autre aussi tiens, n'importe laquelle, tant qu'à faire et après j'y retourne, je l'invite à nouveau.

Mais je ne la vois nulle part. Elle a dû rentrer. Je ne sais plus comment m'y prendre. Trois bières et aucun résultat. Ne me dites pas qu'il va me falloir un rail de coke avant de pouvoir l'embrasser dans deux semaines!

## KATELL

Il m'arrive de croire au karma, tout le reste, j'ai laissé tomber. Toute mon enfance et adolescence on m'a obligée à aller à la messe trois fois par semaine. Pour ce que ça a servi. Je n'ai jamais cru en rien, même pas petite fille. C'est réconfortant d'avoir pu vivre par moi-même que l'endoctrinement ne prend pas forcément et en même temps, que de temps de perdu.

Il y a un mois, j'ai roulé tranquillement à vélo et qu'est-ce que je vois, une carte de crédit par terre. C'est sûr, si j'avais été en voiture, je ne l'aurais jamais vue. Bon, je la rends toute de suite au poste de police qui est juste à côté. Je donne mon numéro à la policière et me dis, peut-être que la personne sera très contente et voudra me remercier avec un petit café. C'est un nom d'homme qui figure sur la carte. On ne sait jamais, j'aimerais tellement que ma vie ressemble à un roman.

Mais je ne demande pas grand chose en temps normal et en même temps là, je suis l'ange-gardien pour un inconnu. Alors je demande à l'univers de me faire rencontrer un homme intéressant et même plus si affinité.

Franchement, ça tombait bien que je puisse faire un voeux, je venais de rompre avec Corentin Guen, l'homme avec qui j'étais depuis quelques années. C'était bien, quoique. Je m'étais dit que j'avais envie d'être avec un homme avec qui je pouvais vraiment m'imaginer vieillir. Et je me suis rendue compte d'un coup d'un seul que ce n'était pas Corentin.

Même si ça ne durait qu'un an, un mois ou une semaine, j'avais envie de vivre une très belle histoire avec un homme qui me ressemblerait, vraiment. Qui me ressemblerait davantage que Corentin de toute façon. Avec qui je pourrais rester même s'il développe des ennuis de prostate ou autre. Mais bon, par pitié, pas tout de suite.

Je rends la carte de crédit, je rentre, je sors le soir. On verra bien. J'aimerais aller danser, mais ça c'est trop demander à cette ville. Si on a envie de se déhancher un peu, il faut toujours faire des kilomètres pas possibles. La moindre bourgade a plus à proposer pour s'amuser que ce chef-lieu.

Mais il y a les bars à bière, ça, ça ne manque pas. Et les alcoolos non plus. Je n'y vais plus, combien de fois, j'ai fait le tour des bars, fait semblant de chercher quelqu'un et en ai uniquement profité pour voir qui y était. Et à chaque fois, j'étais déçue et je rentrais. Mais bon, ce soir c'est différent.

Ce soir, le bon karma va se déverser sur moi. Et j'y crois. Un certain Gwendal se met à me parler. Il me dit que tout le monde l'appelle Gwen et que je n'ai qu'à faire pareil. Je me dis, toi, mon vieux, tu es légèrement trop vieux pour moi, et avec tout mon respect, Gwen est un nom de fille, mais j'ai envie de passer une bonne soirée. Alors écoutons ce qu'il a à me dire d'autre. Et parbleu, du coup, il me semble pas si vieux que ça, il s'exprime bien, il me fait rigoler avec des petits riens. Ce n'est pas le coup de foudre, mais l'avis de tempête qui s'annonce tranquillement, le vent se lève, la tempête commence à grommeler, puis l'éclair jaillit.

Si j'ai envie d'un dernier verre chez lui? Sans engagement aucun, mais juste pour écouter de la bonne musique. Après tout, c'est la soirée bon karma, qu'est-ce qu'il peut bien m'arriver de grave.

On est devant sa maison, et je crois que je rêve quand je vois son nom de famille sur sa boîte à lettre. Gwen Coreller! Non décidément, Gwen Coreller, ce n'est pas possible! Je viens de rompre avec Corentin Guen. Je ne me rendais même pas compte qu'une seule lettre de changé et le nom de famille de l'un faisait le prénom de l'autre, et qu'à la prononciation, c'est carrément la même chose, j'ai peut-être bien dû picoler un peu trop. Mais que aussi les quatre premières lettres du prénom de l'un faisaient le début du nom de famille de l'autre, ça c'est juste pas possible!

Je suis prise d'un fou rire tellement monstrueux que je dois me tenir à sa boite à lettres que du coup, je manque de renverser et m'écrouler sur elle. Pas étonnant, je me suis enfoncée dans sa belle pelouse avec mes talons hauts et je titube. La grande classe.

En plus, comme il pleut depuis des lustres, l'herbe est vraiment mouillée et j'aurais pu sacrément me salir. C'aurait pu être un sacré début, être obligée de commencer par une douche et shampoing pour enlever la boue et porter des vêtements secs et propres lui appartenant. Heureusement que j'ai maigri un peu, je crois que ça aurait pu marcher.

Je pouffe d'autant plus belle que je m'imagine ces deux hommes-là côte à côte dans mes contacts, alors que j'en ai 453 et qu'il m'arrivera forcément de cliquer sur le mauvais nom à un moment ou un autre avec un message tout rédigé pour l'autre. Et je m'imagine déjà le contenu de messages potentiels.

Trop drôle! Surtout que Corentin m'a expliqué et insisté qu'il ne veut surtout pas que je lui donne de mes nouvelles. Mais du coup, je le garde dans mes contacts, parce que si jamais c'est lui qui appelle, que je sache que c'est lui et que je ne décroche pas.

Non, l'alcool mauvais, je ne connais décidément pas, je hurle de rire tellement et tellement longtemps que les poumons commencent à me faire mal, pire qu'une grosse toux. Pauvre Gwen qui ne comprend rien et je ne suis pas en état d'expliquer quoi que ce soit. Les larmes coulent, je me tiens le ventre, j'ai du mal à me tenir debout.

Il me prend pour une folle et dit qu'il est peut-être trop fatigué finalement. Il me demande si ça ne me dérange pas, que je ne vienne pas chez lui ce soir. On ne peut plus m'arrêter, le comique de la situation est plus que je ne peux endurer. Je suis incapable de dire quoique ce soit, mais je tourne les talons avec aise et rentre en rigolant si fort que les passants s'écartent et peut-être bien que j'ai réveillé quelques voisins.

Du coup, j'étais avec l'homme avec qui je pouvais m'imaginer vieillir pendant à peine deux heures. Le karma s'est bien foutu de moi!

**EDERN**

Des fois, j'en ai juste marre. Je vous jure, des fois, j'aimerais juste être assis là à boire ma bière tranquillement, regarder les gens s'activer autour de moi. Me vider la tête. J'en vois plein qui ont tout le loisir à s'emmerder un bon coup. Moi, je ne peux à peine m'assoir qu'il y en a déjà une qui me tourne autour.

Evidemment que je ne suis pas moche, mais il n'y a pas que ça qui compte. J'ai quasiment perdu tous mes copains. Ils en ont marre de sortir avec moi, parce que toutes les femmes se jettent sur moi. C'est eux qui le disent et moi qui le constate. Même pas seulement au sens figuré. Avec moi, elles y vont franco, je te trouve très beau, tu ne voudrais pas danser avec moi, donne-moi une chance, prends-moi à l'essai au moins, tu décideras après.

Un ami m'a dit un jour qu'il donnerait tout, même sa maison et sa moto pour avoir mon cocktail de phéromones. Un autre m'a dit, comme s'il venait de faire une découverte scientifique majeure, tu sais, à t'observer, je crois bien que tout le cirque « balance ton porc » n'est qu'un problème de mecs moches. Il dit que je suis tellement beau qu'aucune femme ne me reprochera jamais rien et il trouve même que je n'en profite pas assez, je pourrais me lâcher encore davantage. Lui, c'est ce qu'il ferait.

Si, si, je vous jure, ce n'est pas une vie! Je n'ai pas un seul moment de répit. Et des fois, j'aimerais juste avoir mon mot à dire. Pouvoir réfléchir tranquillement sans qu'une femme ne me colle ses gros seins sur la poitrine, parce que là que voulez-vous que je fasse? Evidemment que j'en profite et ce qui est con, c'est que pendant ce temps-là, je passe peut-être à côté d'une fille vraiment bien.

Tiens, il y en a une que je vois depuis six ans environ, parfois, juste deux fois par an, parfois un peu plus. Quand je dis que je la vois, c'est vraiment seulement voir avec mes yeux et non pas la voir pour faire quelque chose avec elle.

Elle m'intrigue. Il n'y a jamais rien eu avec elle, on se fait juste la bise et encore, quelquefois, on fait semblant de ne pas se connaître. Parce que par moment, je sors avec des filles vraiment possessives qui m'engueulent si elles me voient un peu discuter avec elle. Comme si elles se rendaient compte qu'il y a un danger imminent à discuter avec la fille en question. Avec aucune autre, mais avec elle, si.

Elle, je la vois seule la plupart du temps, si elle est avec un homme, c'est toujours le même, on dirait son sex-friend, c'est comme ça qu'on dit de nos jours. Elle a une constance dans son inconstance. Elle adore aller danser, pas lui. On dirait qu'il s'exécute pour lui faire plaisir et il s'y prend vraiment mal. Alors qu'elle, elle n'a pas toujours le sens du rythme, mais elle bouge tellement bien et danse avec un tel entrain que sa joie de vivre est contagieuse.

Dès qu'elle se met à me parler, et c'est souvent elle qui vient vers moi, je pourrai l'écouter pendant des heures. Et pourtant, nous n'échangeons pas longuement. Elle a un charme indéfinissable sans être vraiment belle. Je suis juste bien à ses côtés, à me tenir tranquille, les autres ne me laissent jamais respirer comme elle. Je n'ai même pas envie de la draguer. Mais nous n'avons pas souvent l'occasion de nous trouver l'un à côté de l'autre.

Parfois, je suis à un bout d'une salle ou d'un bar et je la vois au fond. Je ne sais même pas pourquoi je regarde dans telle ou telle direction et ça ne m'arrive qu'avec elle. Elle est comme une sorte d'aimant pour moi, mais qui n'a pas suffisamment de force pour qu'on s'approche l'un de l'autre. Ou est-ce que c'est parce qu'elle vient de me fixer, de me regarder longuement, que mon instinct de chasseur me dit que je dois regarder par là-bas, dans sa direction?

Mais voilà, je ne suis pas un chasseur. Je ne chasse pas, je ne drague pas, elle non plus. D'ailleurs, je ne la drague pas elle non plus. C'est tellement toujours les filles qui se chargent de la drague. Mais celle-là, on dirait qu'elle attend que je fasse le boulot.

Seulement, je n'ai tellement pas l'habitude que je ne sais pas y faire. Oui, c'est le comble. Je sais. Je crois que je vais être obligé de demander à mes amis qui ne le sont plus vraiment, comment faire. Ils vont se payer ma tête, c'est sûr. Mais elle, elle le vaut bien.

## SOIZIG

Peut-être bien que ça fait vingt ans que je viens prendre mon petit café du matin dans ce café juste en bas de chez moi. Vingt ans, c'est long, j'ai pu prendre ma retraite tôt et j'en ai profité. Je devrais avoir honte quand je vois à quel âge mes propres enfants pourront partir à la retraite, je le sais bien. Et que déjà aujourd'hui, leur niveau de vie ne ressemble pas du tout au mien et que ce sont eux qui paient ma retraite.

Mais dès qu'il y a une manif pour le pouvoir d'achat des retraités, j'y vais quand-même, ça me fait une sortie et une occasion de rencontrer d'anciens collègues ou de voir les nouveaux-arrivants. Parce qu'il ne faut pas se leurrer, les nouveaux arrivants dans cette ville, ce sont surtout des retraités.

Je prends donc mon café comme tous les matins et alors qu'il n'y a jamais foule, je vois une dizaine de personnes, quasiment toutes de mon âge, regrouper des tables, avancer les chaises et s'installer autour de leur îlot. Ils ont tous des cartons plus ou moins grands et je les vois sortir des crayons papier, des feutres, des pastels.

Ils commencent à se dessiner à tour de rôle, ils chronomètrent les poses et au bout d'une petite heure, ils s'arrêtent pour prendre leur café ou jus de fruits. Eux au moins, ils l'auront mérité. Une femme s'approche de moi et me demande, si ça ne me ferait pas plaisir de poser et de se faire dessiner. Je suis tellement prise au dépourvu que je dis oui. Oh que je le regrette, douze minutes sans bouger, c'est bien plus long qu'on puisse s'imaginer.

Le supplice est terminé et je regarde les dessins, une dizaine de dessins en moins d'un quart d'heure, alors que de toute ma vie personne n'a jamais pensé à me dessiner. Tant que j'y pense, je n'ai même pas été souvent photographiée. C'est certain, dans mes jeunes années, tout le monde n'avait pas d'appareil photo, il fallait réfléchir aux prises, les pellicules étaient chères et le développement des photos encore plus. Je n'ai jamais dû être très photogénique et personne ne voulait jeter de l'argent par les fenêtres pour moi. Ni même mon mari.

C'est peut-être au nombre de photos qu'un partenaire peut prendre de l'autre qu'on peut mesurer son attachement, son amour même. Bien sûr, moins aujourd'hui, on efface aussi facilement que gratuitement une photo qu'on ne la prend. Mais à l'époque, c'était un indice précieux et j'aurais dû m'en apercevoir. J'aurais dû le quitter ce mari qui maintenant ne se cache même plus pour me faire ressentir son mépris. Rien que le café du matin, on le prend chacun dans un autre café. Il se trouve gentleman de me laisser ce café et d'aller dans celui du coin de la rue.

Oui, je contemple mes dessins, je veux dire les dessins faits de moi, et je dois m'apercevoir que j'aurais pu enlever le manteau. Mais en même temps, j'aime mon manteau, il cache si bien mes rondeurs auxquelles je ne me suis jamais habituée.

Ils et elles seraient là toutes les semaines toujours à la même heure, le même jour. Si je veux, ils seraient contents de me dessiner à nouveau. Je ne sais quoi répondre, moi, ce n'est pas une fois par semaine que je me trouve là, mais tous les jours, sauf les weekends où les enfants sont à la maison, et c'est de moins en moins le cas.

En tout, je suis revenue deux fois de plus, je ne sais pas si les dessinateurs se sont rendu compte, mais la deuxième fois, j'ai un peu desserré mon chèche et la troisième fois, j'ai même déboutonné un peu mon chemisier, mais comme j'ai préféré garder mon chèche, pas sûr que ça s'est vu. Mais moi, je le savais et c'est étonnant, ça changeait tout.

Depuis, une fois par semaine, parce que je n'ai plus envie de me faire dessiner, je vais dans le grand café sur la grande place. Mon mari n'en sait rien, il s'intéresse si peu à moi qu'il est persuadé que je suis fidèle au café d'en bas. Alors que j'ai une vraie vie sociale maintenant. J'ai rencontré d'autres personnes au grand café que je fais venir d'autres jours au café en bas de chez moi.

Et vous me croirez si vous voulez ou pas, maintenant, c'est devenu le café où il faut être. Et pas seulement le jour où on vous tire votre portrait!

## LOIG

Je suis le dernier romantique qui reste sur cette terre. Je crois que j'ai rencontré ma princesse. Je vais me conduire en prince charmant. Elle s'appelle Lena. Loig et Lena, qu'est-ce que ça sonne bien. Puis, c'est sacrément équilibré, chacun quatre lettres, deux consonnes, deux voyelles. Les voyelles ne sont même pas les mêmes, chacun les siennes, pour ne pas se disputer, la première lettre du prénom en commun, pour preuve qu'on est fait l'un pour l'autre.

Je viens de la rencontrer sur un site de rencontre, un site sérieux pour des célibataires exigeants, donc payant. On s'est donné rendez-vous demain à dix heures au musée. C'était son idée, et ma foi, je trouve que c'est bien. Elle dit y aller souvent, moi je n'y suis pas allé depuis des décennies, même pas pour les soirées musées gratuits.

Elle doit être futée, comme ça, on est dans un lieu public, pas trop fréquenté non plus. Elle peut m'expliquer les tableaux. Je la laisserai parler, lui montrerai que je suis un homme attentif et à l'écoute. Si on traîne un peu, ce sera l'heure de l'apéro, puis du déjeuner. Puis balade en ville, goûter, apéro et dîner. Pour commencer, j'ai annulé tous les projets de la journée de demain. C'était des projets vagues de toute façon, parce que si ça colle entre nous, je n'ai pas de temps à perdre.

Bon, puisque je suis devant l'ordinateur et que je viens d'accepter sa proposition de la visite du musée, je n'ai qu'à regarder ce que la toile dit de nos deux prénoms. Je regarde quelquefois à tout hasard quand je prends contact avec une femme, juste histoire de voir. Et j'ai bien l'impression qu'il y a du vrai dans tout ça.

C'est tellement incroyable que j'ai dû imprimer le truc. La signification de son prénom, c'est « celle qui s'empare, qui saisit », moi « l'homme au bâton, celui qui frappe ». Alors que je suis doux comme tout. Mais sans doute que ça veut juste dire que je sais ce que je veux, et elle aussi apparement. Tant mieux, on ne perdra pas notre temps à discuter alors qu'on ne sait même pas ce qu'on veut pour commencer.

Voyons un peu le détail. Emotivité: elle 60%, moi, 63%. Activité: elle 97%, moi 95%. Intelligence: elle 87%, moi 85%. Affectivité: elle 98%, moi 95%. Sensualité: elle 95%, moi 95%. Mais c'est juste de la folie! Puis, ça ne m'est encore JAMAIS arrivé avec PERSONNE! On est faits pareil. C'est du pareil au même, du kif kif, memes tra!

Bon, allez, le type caractérologique maintenant. C'est une femme passionnante, aux impulsions rapides, quelques fois colérique mais souvent déconcertante. - Ah! - Elle a un caractère équilibré lui permettant de porter sur la vie en général un jugement sûr. Discrète et efficace, lorsqu'elle a une idée derrière la tête, elle travaille dur et patiemment pour arriver à ses fins. Attention justement à elle lorsqu'elle ne se domine pas, lorsqu'elle laisse ressortir cet esprit critique, cet esprit très tranché sur les gens et sur les choses. Peu influençable, elle possède une grande confiance en elle qu'elle ne manifeste pas toujours et a une vision très subjective de la vie, voyant tout au travers de son optique. Au départ, elle a une grande moralité, est dévouée et fidèle, mais son caractère explosif et passionné l'amène souvent à sortir de son cadre moral. Son intuition est stupéfiante. Elle évalue les situations et les gens assez rapidement et en général assez justement. Sa séduction aussi bien physique que mentale est grande, à elle de ne pas en abuser et de laisser plutôt « parler » sa psychologie spontanée.

    Oh que c'est chouette tout ça! Vérifions mon type caractérologique maintenant. - Je suis un grand passionné, un colérique à la forte émotivité. Cependant paradoxalement, je réfléchis toujours avant de m'emballer et feins parfois une « explosion » que je contrôle pourtant tout à fait - normal! - Derrière cette façade impressionnante, je cache en réalité une grande faiblesse et je suis bien plus délicat qu'il n'y paraît. - Eh oui, je suis comme ça que voulez-vous - je possède une double moralité, sur le principe, elle est irréprochable, dans les faits elle s'accorde en fonction des circonstances. Jamais en réelle opposition avec qui que ce soit, il y a toujours pour moi un terrain d'entente. Mon intuition est infaillible et comme je possède un vrai sens des affaires, elle me sert efficacement pour réussir mes différentes entreprises. - Non, il n'y pas à dire, tout ça me va très bien et à la relecture, je vois qu'on fonctionne un peu pareil.

    Ne nous emballons pas davantage, reste à voir le détail de l'émotivité. - Elle a un très fort sentiment d'amitié aussi bien avec les femmes qu'avec les hommes et a besoin très tôt de se sentir entourée. Pas facile à manœuvrer, elle possède une forte mémoire affective et est donc assez rancunière et peut des mois, des années durant, garder à l'esprit des faits. Elle a un sens aigu de l'opposition et s'obstine dans l'idée qu'elle se fait des événements, des personnes, cependant elle peut vite changer d'avis si on lui explique clairement qu'elle se trompe. Elle est sensible aux échecs bien plus parce que cela l'irrite que parce que cela l'abat. - Rien à dire, je la cadrerai volontiers s'il le faut. Puis, même au chapitre de l'émotivité, ça résonne.

Parce que moi, je suis très émotif, mais toujours dans le contrôle, je fonce et me laisse porter par ma vive intuition qui me permet toujours de me sortir de situations délicates et de m'adapter à tous les modes de vie. J'ai cependant une très forte confiance en moi - et je serais - irritable, susceptible, bondissant, agressif et comédien dans l'âme - n'importe quoi! - j'aime faire « mon numéro » et impressionner mon entourage - ça va pas non?!

Allez, chapitre activité. Persévérance et volonté la caractérisent. D'autant que cette forte volonté s'appuie sur une grande activité, des réactions percutantes et une émotivité bien dissimulée. Elle ne sait pas rester en place, il lui faut toujours de nouveaux projets et plus l'entreprise est grande plus elle est stimulée - Tant mieux, tant mieux - Très débrouillarde, elle possède une imagination débordante, un charme naturel et une mémoire vive. Sa vitalité est très bonne et lui permet de faire face à des problèmes de santé lorsqu'il y en a. - Tant mieux, aucune envie de jouer les infirmiers, moi. - Très sociable, elle aime recevoir, même s'il faut que cela se fasse à ses conditions, avec ses principes. - Bien, et moi, j'aime être reçu. - Elle est très généreuse et s'engage pleinement dans l'action, de tout son être, que la tâche soit ennuyeuse ou non, du moment que le but est valable. - Sinon je lui expliquerai la validité du but, puisqu'elle sait écouter.

Moi, pour ce qui est de l'activité, une volonté très forte me caractérise, néanmoins elle se transforme vite en entêtement voire en agressivité si cela ne se passe pas comme je le décide. - Manquait plus que ça ! - Cette volonté proche du culot est sans doute en grande partie le gage de ma réussite. Je ne dois, ne peux, jamais rester sans occupation, l'oisiveté est un état qui est banni de ma vie, sous peine de développer des complexes. Je suis accrocheur, quand j'agis, c'est toujours avec une idée derrière la tête et au service d'une cause supérieure, que je défends avec passion et qui correspond bien souvent à mes intérêts. Naturellement prudent, mon habilité me permet d'échapper à de nombreux « travers », si bien que l'on peut dire que j'ai une vitalité prodigieuse et une grande résistance. Tout cela à condition que je ne cède pas à la nervosité, qui parfois envahit mon psychisme et me submerge. Je suis très à l'aise au sein de la foule, au milieu des réunions. - Tu m'étonnes, je ne tiendrai pas une demi-journée dans mon job sinon ! - Je me nourris du contact des autres et ai bien souvent besoin d'eux pour m'épanouir. L'amitié représente pour moi une valeur essentielle et à ce titre, elle peut vite devenir tyrannique, surtout avec cette certitude que tout m'appartient. -

Là, ils exagèrent quand-même. Mais ce qui compte - même en termes d'activité on est faits pour être ensemble!

Intelligence maintenant. Tant mieux, c'est court et après tout pas très important. Elle est dotée d'une intelligence analytique et distingue le moindre détail d'une situation ou d'un évènement vécu.

Moi, c'est un peu plus long évidemment. - Il s'agit surtout d'une intelligence pratique, je suis doté d'une grande force de persuasion et d'opinions bien arrêtées que j'affirme sans appel, avec une grande précision, mais toujours dans un but bien déterminé. Je possède une vive curiosité et une grande conscience professionnelle. Mon imagination est avant tout pratique et je m'impose une discipline sévère quand je veux réussir. - Eh oui, que voulez-vous!

Finissons-en, ça serait étonnant qu'en affectivité et sensualité, on ne se ressemblait pas. - A certains moments, elle mettra tout en œuvre pour créer une atmosphère détendue et chaleureuse, pour dénouer des situations difficiles, pour mettre les gens en contact les uns avec les autres, mais à d'autres moments, elle sera capable de faire tout le contraire avec habileté également. En tout cas, elle veut vivre de manière intense et est prête à tout pour y arriver, même s'il faut pour cela commettre quelques imprudences. Elle est coquette et sensuelle et possède un fort sex-appeal qui la rend très attirante. - Rien que ça!

Bon moi, je suis sensible à la flatterie, ai besoin de me sentir aimé, que l'on me dise et que l'on me montre par des déclarations et des démonstrations de tendresse et d'amour. La famille est pour moi du domaine du sacré, même si en dehors de celle-ci tout est permis. Ma possessivité apparaît dans ma relation avec les autres, j'use de mon charme et de ma séduction brute sur tout mon entourage. Pour moi, vivre, c'est posséder, et l'appropriation est donc indispensable.

C'est un peu long tout ça et j'ai tout relu trois fois. Mais le constat est accablant, on est tellement faits l'un pour l'autre que c'est même étonnant qu'on ait dû passer par un site de rencontre pour se trouver. Maintenant faut pas que je me rende compte qu'elle habite juste au coin de la rue en plus. Une vraie situation win-win. Gagnant-gagnant, si vous préférez, même si les winner disent win-win.

Bon, dernier petit détail, voyons notre compatibilité en termes de signes astrologiques. Moi, je suis verseau évidemment, le meilleur signe de tous, tellement différent des autres, tellement supérieur aux autres. Elle, scorpion. A vrai dire et à ma connaissance, je n'ai encore jamais côtoyé de scorpionne. C'est d'autant plus intéressant que j'apprendrai quelque chose. Parce qu'au fil des années, soyons honnête, j'ai quasiment testé tous les signes astrologiques.

Et merde, faut toujours que ça se complique! Notre couple a une chance de 10% de réussite. Autant dire, aucune. Il est quatre heures du matin et je crois bien que j'ai fait toutes les combinaisons possibles. D'autres sont autour de 68 %, 74%, 82% et même 98%! La vache, on est la combinaison qui marche le moins entre toutes celles possibles! Ça c'est bien ma veine, tiens!

Ce n'est même pas une perspective ou vision de verre plein et de verre vide. Les autres ont les verres pleins, et le mien est vide. Tout juste le fond de la bouteille, avec tout le dépôt. Il faut toujours tout me gâcher. Je n'y vais même pas au musée demain, tiens. Qu'est-ce que je vais faire au musée un jour où je pourrais aller pêcher de toute façon.

Qu'elle aille se faire voir ailleurs et par quelqu'un d'autre! C'est tellement tragique que ce n'est même pas la peine que je vérifie les horoscopes chinois et celtique! Merde à la fin et en plus, je n'ai quasiment pas dormi de la nuit avec ces conneries.

**ROZENN**

Ces deux-là, il y a un truc. Un vrai truc qui cloche. Ils doivent être tueurs en série ou je ne m'y connais pas.

Souvent, je me suis posé la question pourquoi la DGSE ou au moins les RG ne m'ont encore jamais contactée. Ils ne doivent pas être très doués quand-même. Plus discrète et insoupçonnable que moi, tu meurs. Je serais la recrue idéale.

Déjà que je suis une femme de plus de cinquante ans. Et quand vous êtes une femme d'un certain âge, n'est-ce pas, plus personne ne vous remarque dans la rue, ni ailleurs du reste. Vous essayez de réclamer vos droits et personne ne vous écoute. On vous bouscule, comme si on ne vous avait pas vue. On vous grille votre tour dans la queue. Puis moi, j'ai un truc en plus, je sais analyser les situations comme personne.

Là, ça fait bien la troisième femme qui disparaît du jour au lendemain. D'un samedi sur l'autre plutôt. Je vois bien leur petit jeu. Ils ont l'air tout innocent, un petit air de Laurel et Hardy, en moins caricatural bien sûr, mais tout aussi efficace.

Les vrais Laurel et Hardy de l'écran vous font sourire, rire même, alors que vous vous dites, ce sont toujours les mêmes recettes, ça finit par me lasser. Pourtant vous êtes pris à rire alors que les gags sont simples ou méchants, les deux à la fois la plupart du temps. Et les deux dont je parle, ils vous embarquent sans que vous preniez garde.

Ils sortent toujours ensemble. L'un sait bien danser, l'autre est beau. Comme ça, ils réunissent à eux deux ce que toute femme recherche en soirée. Et sortir entre deux copains, ça permet de parler à deux femmes sorties entre copines.

Ils ont comme une procédure qualité qu'ils suivent à la lettre, si jamais il y a une inspection ISO, ils savent exactement à quel stade ils sont. Ils s'approchent de deux amies, leur parlent. Laurel fait le timide, Hardy invite la moins jolie à danser. Du coup, Laurel discute tranquillement avec la jolie. La danse se termine et Hardy revient avec l'une, du coup, Laurel danse avec l'autre et Hardy discute tranquillement avec celle avec laquelle il a dansé.

Et ainsi de suite, toute la soirée s'il le faut. A un moment donné, ils partent tous les quatre ensemble. Felice los quatro, comme dans la chanson qui vient de passer. Eh oui, c'est une soirée salsa évidement. A vrai dire, je les déteste les soirées salsa, il faut être habillée en pétasse pour se faire inviter à danser, deux tiers de femmes pour un tiers d'hommes. Pire que ça, il n'y a que le swing, le lindy hop. Trois quarts de femmes pour un quart d'hommes dont la moitié n'a aucun sens du rythme.

Ce n'est pas pour être méchante, c'est juste comme ça. Il faut regarder les choses en face, des fois. Comme dit si bien ma meilleure amie, j'attribue toujours trop d'intelligence émotionnelle aux hommes, je devrais être un peu plus aguerrie, depuis le temps. Alors je m'exerce.

En tout cas, on les voit sortir en soirée à quatre pendant un certain temps. Puis d'un coup d'un seul, la moins jolie des filles sort toujours seule et ne parle plus à Laurel et Hardy, lorsqu'ils se décident à sortir. Il y a toujours une période où ils sortent moins, comme s'ils devaient être discrets. La jolie, on ne la voit plus jamais.

Mais oui, moi aussi, je voudrais bien savoir ce qu'elle est devenue! Mais impossible de savoir. Je ne connais pas les femmes qu'ils ont embarquées pour l'instant et je ne vais pas me planter devant celle qui reste et lui demander, tiens qu'est-ce qu'elle est devenue ta copine?

La première victime, c'était une grande blonde, avec un tout petit visage, même pas si jolie, mais bon, blonde quand même et avec de longues jambes. Combien de fois je me suis demandée s'il ne fallait pas que je me fasse colorer en blonde, platine tant qu'à faire, juste histoire de voir. Mais bon, faudrait que je change de région. Ici, ils me connaissent tous maintenant et ils diront que je fais ma crise de la cinquantaine si je me pointe en blonde. Mais j'ai peur que ça ne suffise pas de toute façon. C'est plus complexe. Quand on est brune, on l'est aussi dans la tête.

La deuxième avait un rire hystérique et c'était écrit sur tout son visage qu'il s'agissait d'une ancienne et future dépressive, sinon bi-polaire. Mais bon, d'énormes seins. Et je vois bien, c'est l'arme fatale. Parfois, tu te demandes comment elles font et quel genre de mal de dos elles doivent avoir à porter des galeries pareilles à longueur de temps. J'ai déjà entendu des hommes parler de 'gros poumons'.

D'accord, elles ont de gros seins, mais elles doivent aussi se plaindre à longueur de temps. La deuxième était aussi cynique et stupide, si vous voulez mon avis. Mais lorsque je ne la voyais plus du tout, je vous jure, même moi, ça m'avait fait drôle. Elle manque quelque peu dans les soirées. C'est comme quand vous avez un puzzle de plusieurs centaines de pièces et une seule pièce vous manque. A quoi bon garder le puzzle?

La troisième disparue, comme je suis en train de l'expliquer à ma copine de sortie de ce soir, rien à dire en particulier, mais pas sympathique au premier abord. Un regard fuyant de salamandre, la lèvre inférieure qui pendouille. Je ne lui ai jamais parlé, mais il lui arrivait de se planter devant un homme qui s'apprêtait à inviter une autre à danser. Sans gêne aucune. Et c'est avec elle que l'homme dansait, ça lui évitait de faire le premier pas avec celle qu'il visait. Elle gagnait à tous les coups.

Elle m'a fait le coup à moi aussi une fois. Mais je ne lui en veux pas, je n'avais aucune envie de danser avec l'homme en question de toute façon. Je voyais bien qu'il se rabattait sur moi. Un type qui dansait toujours avec de petites jeunes et une fois sur cinq avec une de mon âge pour donner bonne impression. Et moi, je n'ai pas envie d'être complice de ce manège, même si cela m'aura permis de danser un peu.

Je suis donc en train de donner de vraies leçons de vie nocturne à ma copine avec qui je sors pour la première fois. Son mari vient de la tromper et j'essaie de lui remonter le moral comme je peux. Mais je dois me rendre à l'évidence qu'elle n'écoute qu'à moitié ce que je dis. Et c'est à ce moment-là que je les aperçois - Laurel et Hardy sont là ce soir!

Mais c'est pas vrai, ils s'approchent de nous. Hardy invite Morgane à danser. Elle accepte illico sans me laisser le temps de lui dire que c'est avec

Hardy qu'elle s'apprête à danser! Et je me retrouve seule à discuter avec Laurel. Non, mais vous vous rendez compte, de ce qui m'attend-là?!

Au moins, je suis considérée être la plus jolie.

## **RONAN**

Vous ne le direz à personne, mais j'ai un petit problème. Que voulez-vous, un homme après cinquante ans, n'est pas un homme avant cinquante ans. Bien sûr que je suis au courant, mais comme j'ai déjà une tension artérielle élevée, trop de mauvais cholestérol, même s'il paraît que ce n'est plus si grave que ça, un estomac fragile, et divers antécédents des deux côtés de ma famille, je me dis que la petite pilule bleue, n'essayons même pas.

Du coup, j'essaye de trouver d'autres stimuli et comme c'est la rentrée, j'essaye des activités complètement nouvelles. De toute façon, les premiers cours sont en général gratuits. Je me lance. Et tant qu'à faire, cette année, je ne fais pas ce qui me plaît, mais ce que font un maximum de nanas. Ça va être compliqué, je ne voudrais pas me retrouver avec des collègues qui jaseront à la pause café de mon côté féminin que personne ne soupçonnait.

J'ai déjà eu un premier cours de gym abdo-fessiers, mais ça n'a pas été concluant. Elles ont toutes vraiment besoin de ce cours, je vous jure, c'était plus frustrant encore que je n'aurais jamais imaginé dans mes pires cauchemars. Je me suis rendu compte de la misère féminine. Et dans les tenues de sport lycra, tu vois les moindres cratères de cellulite qu'un bon vieux jean sait si bien camoufler. L'élasthane n'aurait jamais dû remplacer le bon vieux coton. D'accord, on voyait les tâches de sueur, mais au point où on en était, ça aurait pu me faire rêver. Puis toutes ces nanoparticules dans les tissus synthétiques qui se retrouvent dans nos corps et qui risquent de saboter un traitement miracle un jour. On ne sait pas comment elles réagiront, les nanoparticules.

C'est sûr, elles nous font de beaux bébés, mais après, elles sont foutues. Tu m'étonnes que ce sont toujours elles qui sont enceintes. Aucun homme n'accepterait de changements pareils. D'accord, la bière peut transformer un homme aussi, mais au moins tu en profites au passage.

Le step, quelle imbécillité! J'habite une maison tout en escalier, elles n'ont qu'à faire pareil, regagner le centre-ville et fuir leurs lotissements à la con, ça leur ferait des cours quotidiens gratuits. Pour le coup, j'étais vraiment le seul homme pour une bonne trentaine de femmes. Mais elles doivent être stupides, si un cours d'une nullité pareille leur bouffe une soirée par semaine, j'ose pas imaginer le reste de leurs soirées. Une fois rentré et après une bonne douche, je me suis mis devant Arte pour relever le niveau un peu.

Pour la composition florale, je me suis dit que je pourrai joindre l'utile à l'agréable, voir les petites mains des femmes s'activer à créer de belles choses et avoir de jolis bouquets à apporter à ma mère ou à une de mes tantes sans enfant qui m'adorent, toutes pareilles. Puis, j'irai les voir plus souvent et nous aurions un sujet de conversation qui les passionne, elles aussi.

Tu parles, pour un peu je me serais retrouvé avec toutes mes aïeules à ce cours. Je ne sais pas quel élan m'a poussé à rester dans ma voiture sur le parking à observer qui irait à ce cours. Mais j'en suis content, l'instinct, ça doit vraiment exister. Et ça m'a évité de voir des floraisons de tâches brunes et des bourgeons de verrues. Je suis rentré direct et me suis payé en ligne quelques morceaux de heavy métal choisis avec précaution.

Je suis mordu, c'est sûr et je ne vais surtout pas laisser passer une année d'occasions de plus. Je viens de voir que les Beaux-Arts proposent un cours « croquis modèle vivant ». C'est tout pour moi, la parade pour me sortir de la panade. Mais que m'apprend-t-on? Le cours est déjà complet. Je dois attendre qu'une place se libère, qu'il y ait un désistement. Je dis que je me ferai tout petit, qu'une moitié de table me suffira, que je viendrai avec mon propre chevalet que je suis prêt à acheter demain matin.

Non, non, c'est non. Qu'une place se libère? Comme ça me rappelle des mauvais souvenirs. Quand il fallait qu'on trouve d'urgence une place en maison de retraite médicalisée pour mon père parce qu'après son troisième AVC, il était devenu ce qu'on appelle vulgairement un légume. A l'époque, une place qui se libère, ça voulait dire que quelqu'un mourait pour faire de la place.

Je ne vais quand même pas être obligé de trouver un tueur à gages pour pouvoir suivre une activité annuelle d'un succès incertain?

Alors en attendant, j'ai testé le scrap-booking. Depuis, j'appelle ça le crap-booking. Je suis cynique peut-être, mais une chose est sûre, pas une seule participante n'aurait compris mon jeu de mots. Je ne veux même pas en parler, c'était pire que le step.

Mais la chance m'a souri, trois semaines plus tard, j'ai eu ma place aux Beaux-Arts. Déjà au premier cours, je trouve ça bizarre, la moitié des inscrits sont des hommes. Moi qui pensais que le dessin et la peinture étaient des occupations de bourgeoises qui ne savent plus comment tuer le temps à force de se faire entretenir par leurs maris. D'où mon idée de ne pas m'encombrer avec une femme trop possessive, mais disponible, en journée seulement, pourquoi pas.

Mais évidemment que je ne suis pas le seul homme à avoir de l'inspiration. Rappelons-nous, cours de modèle vivant! Comme j'étais à côté de la plaque. Je ne suis pas à ma place dans ce cours, c'est de vrais artistes, les hommes autant que les femmes. Ils ont un regard d'artiste, complètement désintéressé, ils ne sont pas là pour le côté modèle vivant, mais pour le croquis uniquement.

Du coup, je me suis senti tellement mal que je me suis désinscrit de tout et que je n'ai pas remis les pieds dans les cours que j'ai uniquement testés. Cette année, je ne fais rien du tout. Je me paye une vraie cure de sommeil à la place. Dès que je rentre du boulot, je m'active un peu dans ma grande maison, je me prépare un petit dîner léger et me couche avec un bon roman policier, islandais de préférence.

Et j'ai déniché un club de lecture qui pour le coup m'intéresse vraiment.

Ça a duré quatre mois ma petite cure de sommeil et de lecture solitaire et ça a transformé ma vie. A tous points de vue. Maintenant nous sommes deux à nous préparer un dîner léger à tour de rôle, on échange nos romans à lire le soir, qu'on dépose sur nos tables de chevet à peine ouverts et le reste ne vous concerne pas. Mais alors là, pas du tout!

## **KLERVI**

Putain de *French 75*! Oh, le mal de crâne! La copine m'avait bien dit qu'on allait atterrir au paradis des cocktails. Mais je suis tellement peu habituée à boire des cocktails que je ne sais même plus combien m'en ont été servis. Je ne me suis jamais vraiment remise à boire depuis cette fameuse décennie de grossesses et allaitements en alternance. Et même ça, ça fait un sacré bail maintenant.

Je viens de consulter internet et j'apprends que le *French 75* est un cocktail à base de gin, de jus de citron, de sucre et de champagne. Mais pourquoi ont-ils pris de la liqueur de sureau à la place du sucre, du limoncello à la place du citron et du prosecco à la place du champagne? Et peut-être bien un peu trop poussé sur le gin. Le nom du cocktail ferait référence au French 75, un canon de 75mm, modèle 1897.

Drôlement efficace, le canon, il résonne encore dans ma tête. Et qui sait tout ce qu'il a détruit dans mon cerveau. Etonnant qu'on ne l'utilise plus. Remarque tant mieux, mais est-ce que les armes de remplacement ont seulement aussi bon goût?

Mais alors, quel état de légèreté hier soir! Ils m'ont tout expliqué avec une sincérité que je ne m'imaginais même pas pour des personnes que je rencontrais pour la première fois. J'y réfléchis beaucoup depuis le bol de muesli, la tisane anti-détox, le smoothie à la banane, le thé au miel et au citron, le jus de tomate et la goutte d'huile essentielle. J'ai trouvé tout ça, dans la liste des dix recettes anti-gueule-de-bois. Pour être sûre que ce soit efficace, je me suis dit, je prends plusieurs remèdes. Comme ma cuisine est bien fournie quand-même, avec cinq recettes anti-gueule-de-bois sur dix, ça doit marcher à cinq cent pour cent.

Donc, où en étais-je? Oui, la sincérité. Ce degré de sincérité, je ne l'ai encore jamais expérimenté. Je nous trouve même drôlement hypocrites dans ce pays depuis hier soir. Mais qu'est-ce qu'on veut toujours rester entre nous, les Bretons? On a de vraies leçons de vie à apprendre des étrangers. Ils sont drôlement chouettes, ces Américains. Déjà qu'ils ont du courage à s'installer ici parmi nous.

Mais alors, j'ai tout compris. Tout compris trop tard. Le peu de souvenirs que j'ai de la soirée d'hier, c'est le nombre de fois où je leur ai demandé, « So have I really messed it up? » Est-ce que j'ai vraiment tout foutu en l'air? Parce que, c'est sûr, l'alcool aidant, je me suis dit, allez, on ne se connaît pas, qui sait si je vous revois un jour et passons une bonne soirée quand-même.

Du coup, j'y suis allée franco. Parce que si ça continue comme ça, je vais vraiment avoir le cœur brisé par un homme que je n'ai même jamais embrassé. Tout juste fait la bise. Je crois qu'on se fait la bise, mais je me demande si on ne se fait pas juste de vagues mouvements de la tête en disant « salut ». Tellement je suis chamboulée à chaque fois que j'ai le grand honneur de le croiser. Quoi? Deux, trois fois par an, depuis six ans? C'est tout.

Mais bordel, qu'il m'embrasse! A tous les coups, il embrasse mal et je pourrai passer à autre chose. C'est tout ce que je demande. S'il embrasse bien, c'est peut-être que ça l'intéresse lui aussi et on pourra avancer un peu. C'est ce que je me dis depuis deux semaines, depuis que nous nous échangeons de petits messages. Parce que j'ai évidemment trouvé un prétexte pour le dénicher sur la toile.

Donc comme une conne, je lui déclare ma flamme par messagerie. Plus ou moins, quand-même plus que moins. Parce que je n'en pouvais plus ce soir-là de ne pas savoir où j'en étais, où nous en étions. Et je me disais par conséquent, si je ne dis rien cette fois, je vais encore me faire doubler par une beaucoup moins intéressante que moi, mais plus entreprenante.

C'est ce que j'explique aux Américains. Et ils sont consternés. J'ai déjà expliqué la chose embarrassante à quelques copines, qui disaient toutes que c'est normal de nos jours, les femmes doivent prendre position de toute façon, vu que les hommes sont complètement déstabilisés et ils apprécient même. Tu parles!

Toutes, sauf une. Celle, la meilleure, qui a eu la bonne idée de m'incruster dans cette soirée déjà mémorable. Les Américains étaient tellement consternés que j'ai failli les consoler eux, alors que je devais me faire pitié moi-même. Donc oui, j'ai tout foutu en l'air. Ils ont réfléchi longtemps, sincèrement, avant de me donner un conseil, que dis-je, une amorce de vague idée pour m'en sortir. Et ce n'est pas qu'ils avaient du mal à avoir des idées claires. Eux, ils sont habitués aux cocktails, à la résolution de situations complexes. C'était juste beau à voir à quel point.

« De l'humour! Il faut maintenant que tu le fasses rigoler, c'est la seule façon de t'en sortir! » Et j'avoue, il n'y a que des génies qui ont pu trouver la solution miracle. Dans l'idéal, tu ne dis, tu n'écris plus rien, c'est à lui de te contacter et à ce moment-là, tu le fais rigoler. Mais oui, me répondent-ils, ils y ont réfléchi eux aussi, qu'est-ce que je pourrais bien faire s'il ne m'écrit plus jamais?

« Yes, you have messed it up! » C'est ce qu'ils me répondent une énième fois à mon éternelle question. J'étais tellement ronde que je n'ai même pas cherché à reformuler la question, je n'aurais pas trouvé de toute façon. Que ça m'a fait du bien. Que ce sont des gens droits et honnêtes. Personne ne m'a encore jamais dit que j'étais vraiment dans la merde quand je l'étais. Et à y réfléchir, j'y suis souvent. Trop souvent pour m'y retrouver de nouveau.

Là, il est onze heures du matin, ça fait une petite heure que je suis debout. Je ne sais même pas comment j'y suis arrivée d'ailleurs. Et j'ai avalé cinq remèdes anti-gueule-de-bois qui me donnent envie de vomir. Donc au point où j'en suis, je me dis, il faut que tu trouves un truc drôle, parce que s'il te contacte encore aujourd'hui, faut que tu aies un truc vraiment drôle sous le coude. Que tu auras relu un certain nombre de fois avant de cliquer envoyer pour être sûre que c'est vraiment drôle.

Mais bon, je ne trouve rien, je ne me trouve même pas drôle de façon générale de toute façon. Il faut que je trouve une idée de génie. Comme les Américains d'hier soir! Réfléchissons un peu comment ils y sont parvenus. Eux qui ont l'habitude!

Comme je suis dans la cuisine, je me dis rangeons déjà le lave-vaisselle. Et comme j'ouvre les placards les uns après les autres, je vois aussi toutes ces bouteilles encore fermées, achetées dans le cas où des invités voudraient prendre un truc un peu plus fort à boire que du vin et de la bière. Tous ces alcools que je stocke pour rien et pour personne.

Mais évidemment! Il faut que je me mette sérieusement et tout de suite à travailler à l'élaboration du *Breton 29*! Il sera tellement bon et efficace que je serai drôle.

## GAEL

Elle me dit son prénom, sacrement compliqué son prénom, et tout ce que je comprends, c'est que ça doit commencer par un K. Pendant que j'essaie d'enregistrer, de trouver des moyens mnémotechniques, d'enregistrer en alphabet phonétique au moins ce qui vient d'être prononcé, elle se met à me dire que contrairement à ce qu'on pourrait croire, son prénom commence également par un G comme le mien et que pour un francophone, il faudrait insérer un U après le G, mais en fait, on écrit son prénom sans U, et bien avec un G et pas un K. J'essaie de suivre le fil de son argumentaire, mais du coup, tous les efforts de mémorisation sont foutus, évidemment!

Elle m'a complètement perturbé, déjà qu'elle ne vient pas du coin et soyons honnêtes, nous sommes toujours entre nous. Comment veux-tu enregistrer un tel flux d'information sans qu'on te laisse le temps de l'intégrer? Elle doit être en train de tester mes capacités intellectuelles, et sachant qu'elle me teste et m'en rendant compte, à l'instant présent, je n'en suis qu'au degré zéro, naturellement. Mais en même temps, elle essaie probablement juste de m'aider. Mais je ne peux tout de même pas lui demander de tout me répéter un peu plus lentement, s'il te plaît. Pour quel naze je passerais?

Alors je fais semblant d'avoir tout compris. Que ça ne me pose pas de problème, qu'elle porte un prénom tout à fait normal. Alors que nenni. Comment veux-tu prononcer un prénom aussi compliqué, le chuchoter tendrement à son oreille, j'espère bien qu'on en arrivera à ce stade, si ça te semble interminable et pas si doux aux oreilles que ça?

Je ne sais toujours pas comment on a fait notre compte, mais on s'est tout dit tout de suite, de nos deux petites vies malheureuses. Je n'ai rien compris, c'est comme si je l'avais toujours connue, comme si elle était ma confidente, ma psy, pour ce que j'en sais, je n'en ai jamais consulté. Elle a réussi à se détacher de son mari alcoolique, moi de ma femme névrosée. Elle, on lui reprochait d'avoir rendu son mari alcoolique, moi on me reprochait d'être la raison de la névrose de ma femme. On se raconte dans les détails comment ils ont failli nous rendre fous à notre tour et comment on s'en est sortis, avec les chiffres de frais de divorce à la clé. On est d'accord, cela valait bien la peine et qu'est-ce qu'on est mieux maintenant que c'est fini.

J'ai donc discuté un peu avec elle, puis je suis allé voir d'autres copines, d'autres copains. C'est comme ça que ça se passe en soirée. Il ne faut pas trop rester collé à une seule personne, sinon, les autres jasent tout de suite. Mais je suis revenu la voir plusieurs fois et à chaque fois, elle semblait contente. Vraiment, vraiment contente. Elle avait ce regard qui semblait dire, enfin tu es revenu vers moi, reste autant que tu veux. Mais voilà, fallait bien que je reste en contact avec les autres connaissances aussi. Et pourtant, j'aurais voulu la voir plus longtemps encore. Parler d'autre chose.

Sauf qu'on est vendredi soir et que j'en ai plein les pattes, la semaine au boulot était vraiment rude. Faut que je reste raisonnable, je dois rentrer, sinon je vais m'endormir sur place, ou dans la voiture en rentrant. Déjà que je me demande comment je vais faire pour prendre la voiture. J'ai tellement envie de lui dire au revoir tranquillement, peut-être même lui demander son numéro de téléphone. Mais elle fait comme moi, elle fait le tour de ses copines et copains.

En ce moment, elle est avec un type que je connais vaguement. C'est le moment idéal, je leur souhaite une bonne soirée à tous les deux. Elle n'est pas avec quelqu'un que je ne connais pas, ça m'aurait fait bizarre de ne lui dire au revoir qu'à elle toute seule. Une petite bise et à bientôt. Qu'est-ce qu'elle sent bon!

On est vendredi à nouveau. Toute la semaine, je me demandais comment j'ai pu être aussi con de lui avoir raconté ma vie de galère, de ne pas avoir trouvé un moyen de savoir comment et où la revoir. Ou lui avoir demandé son numéro de téléphone. Décidément, je ne comprendrai jamais rien à la vie, faut toujours que je gâche tout dès le départ.

Allez, je sors, il y a un nouvel endroit de sortie. Je vais aller voir, un petit repérage, si ça vaudra la peine d'y aller un soir, où il y a d'autres possibilités. Un concept redoutable qui te pousse à consommer: tu te sers tout seul, ils ont besoin de moins de personnel et surtout, tu te sers tout le temps pour ne pas passer pour un radin. Je suis devant un de ces distributeurs, me dis qu'il faudrait les boycotter, ces machins-là et qu'est-ce qui je vois?

Elle est plantée là devant moi, arrivée comme une apparition. Je suis tellement content et étonné de la voir en ce lieu, à cette heure, aussi naturellement élégante comme je l'ai gardée en mémoire que je ne sais pas quoi dire. Et je dois avoir la bouche ouverte d'ailleurs.

C'est elle qui dit juste salut et on se fait la bise. Et avant que je ne puisse dire quoi que ce soit, elle nous comble le vide en me disant, « Tu ne te fâcheras pas si je te dis que j'ai l'impression qu'on est aussi stupides l'un que l'autre à nous raconter nos malheurs l'autre jour alors qu'on les a si bien et définitivement surmontés? »

Mais oui, elle a raison. Maintenant, ça fait une semaine que je me dis la même chose et la façon dont elle le dit, fait qu'évidemment je ne lui en veux pas, de me traiter de stupide, vu qu'elle se met sur le même niveau, elle a su de façon perspicace faire en sorte que nous passions à d'autres discussions, aussi rapidement que je le souhaite moi aussi.

Elle est maline et j'avoue qu'elle s'exprime peut-être même mieux qu'un tas de femmes que j'ai pu rencontrer dans ma vie, nées ici, toujours vécu ici. Elle a l'air d'être juste bien dans sa peau, de dire ce qu'elle pense et j'ai bien l'impression que finalement, c'est ça ce que je trouve le plus sexy chez une femme.

Elle me dit de ne pas lui en vouloir, ce serait son humeur d'Europe Centrale, et je l'analyse, une petite touche de charme slave probablement. Elle s'explique, c'est l'humour sec, comme elle l'appelle, de son pays, ça n'a pas le côté cynique qu'elle entend si souvent ici, c'est juste drôle et elle aime bien se marrer. Mais souvent elle est mal comprise, on peut penser qu'elle est méchante, alors qu'elle ne veut que passer de bons moments avec les gens. Et je me dis, toi, tu vas pouvoir te marrer comme tu veux avec moi, moi non plus, je n'aime ni les sarcasmes, ni les cynismes. Mais de bonnes blagues, ça oui.

Mais ça y est, c'est ma fête et j'ai encore un peu de mal, j'avoue, parce qu'elle continue et enchaîne sur son ton d'humour sec. Elle me demande autre chose. « Te rappelles-tu mon prénom ? » Et elle ajoute, parce que si tu ne te le rappelles pas, le jour où tu me demanderas mon numéro de portable, tu ne sauras même pas sous quel nom l'enregistrer.

J'ai dû avoir vraiment l'air bête pour ne pas dire stupide, parce qu'elle a eu envie de me sortir rapidement de l'embarras. Et c'est une bonne chose, elle s'est rendue compte qu'elle a failli aller trop loin dans sa provocation, et elle a su s'arrêter. J'ai énormément apprécié cette preuve de tact et plus jamais je n'oublierai son prénom.

De toute façon, il figure dans mes contacts, son beau prénom, suivi d'un coeur.

**GAIDIG**

En effet, je porte un prénom breton sans être Bretonne. Mais n'y a-t-il pas également des Bretons qui sont Bretons sans parler breton, ni même porter de prénom breton? Mais moi, on me le fait souvent savoir que je ne suis pas Bretonne, jusqu'à ce jour. Il ne suffit pas de porter un prénom breton, il aurait fallu naître en Bretagne, ma famille aurait dû faire partie des réseaux bretons.

Y vivre depuis que je m'étais mariée, ça ne suffisait pas aux yeux de ceux qui me supportaient comme « pièce rapportée ». Et oui, je l'ai entendu à table, cette expression hideuse, un grand repas de famille où tout allait bien et vlan! Personne n'a bronché, mon mari n'avait pas protesté non plus, car le patriarche avait parlé et personne n'interrompait jamais le patriarche. Alors qu'il semblerait qu'on soit en plein pays de matriarcat.

Non, personne ne se rendra jamais compte. Qui sait de quelle manière ça te détruit, d'avoir tout fait pour créer un foyer heureux et le moment même, où tout devient parfait, et que tu te rends même compte que tous les investissements en temps, énergie et amour que tu y as mis, commencent à porter fruit, est aussi le moment de la destruction totale et inexorable.

Qui sait qu'à force de pleurer des nuits entières, tu sors le matin avec des yeux et un nez rouges et que tu as même tous les autres symptômes d'un vrai rhume. Tu n'arrêtes pas de te moucher, ta voix a changé et prend un ton enrhumé. À chaque fois qu'on me l'a demandé, j'ai dit, oui, j'ai dû attraper froid. Oui, c'est bizarre, ce n'est pourtant pas la saison pour attraper un rhume. Oui, je pense que c'est contagieux, on ne se fait pas la bise aujourd'hui.

C'était à souhaiter qu'on me porte des coups physiques, que cela se voie, que de parfaits inconnus me trainent au poste pour expliquer les marques suspectes. Mais non, c'est la terreur psychique et psychologique à laquelle j'avais droit. Rien d'autre. Ce n'était tout de même pas aussi grave que des bleus, des fractures, des ecchymoses.

J'ai pourtant non seulement pleuré toutes les larmes de mon corps, mais j'ai également passé des années à essayer de rectifier ce qui commençait à vriller. Mais le parachute ou même le cerf-volant, qui se mettent à vriller, a-t-on jamais pu les stopper, les empêcher de s'écraser? Le sachant, j'aurais dû partir tout de suite, mais non, je suis trop gentille.

J'en discute régulièrement avec des amies étrangères, qui me confirment toutes que dans leurs langues à elles, « gentil » veut juste dire « gentil » et que c'est un concept purement positif. Alors qu'elles le sentent bien, ici on peut te dire que tu es gentille, mais on veut te faire comprendre que tu est naïve ou même stupide. Mais pour ne pas te blesser, on te dit que tu es gentille.

D'ailleurs, on me le dit souvent, de vive voix, mais aussi par messagerie. Là récemment encore, une connaissance qui m'intéresse pour être franche, à chaque proposition que j'ai pu lui faire, la même réponse, « Merci, Gaidig, tu es gentille, mais… ». Autant me dire tout de suite « tu fais chier », tu m'emmerdes », « vas voir ailleurs si j'y suis », « va te faire rhabiller », « va te faire cuire un oeuf », « va au diable ».

Non, aucune créativité, je dois me taper six « Merci, Gaidig, tu es gentille, mais… » de suite. C'est bon, j'ai compris, je ne propose plus rien.

Le parachute, le cerf-volant. Ou une plante que tu passes ton temps à retourner pour qu'elle tourne ses belles fleurs vers l'intérieur de la maison, plutôt que côté fenêtre, où personne ne les voit de toute façon. Tu finis par la prendre à la gorge et elle finit par mourir. C'est cruel et je ne le fais jamais, mais je sais qu'il y a des personnes qui le font, puis elles s'achètent tout simplement une autre plante pour recommencer leur torture.

Une nuit, je ne sais pas pourquoi, je me suis réveillée alors que je dors si bien d'habitude. Il était à genou à côté de moi dans le lit, les mains en suspension, comme s'il s'apprêtait à m'étrangler. Là, j'ai compris. Compris que toute ma gentillesse ne servirait jamais à rien. Je ne saurai jamais s'il était conscient ou pas.

En dernier recours, j'avais demandé à ses parents de nous aider, mes enfants et moi. Jamais je ne comprendrai pour quelle raison perverse il fallait appeler ces personnes « beaux-parents ». Il n'y que la langue française qui vous pousse à ce point à l'hypocrisie, non? J'avais demandé de l'aide et la « belle-mère » de me répondre, « nous allons prier pour vous ». De toute ma vie, je n'ai pas entendu chose plus sarcastique.

A ce jour, je me demande qui était « nous », elle et le beau-père, les deux clans réunis, elle en parlant d'elle-même en pluriel de majesté? Et

« vous », qui pouvait bien être moi, car de tout temps, il fallait que nous nous vouvoyions, ou alors les enfants et moi, voire tous les gueux de mon espèce?

Je n'en saurai jamais rien et c'était bien la dernière fois que les ai vus, ces beaux-parents-là. Et « prier »? A quoi bon prier si on pouvait aider concrètement, parler avec leur fils, non pas pour mon propre bien, mais au moins pour celui de mes enfants. N'étaient-ils pas aussi leurs petits-enfants? Mais non, lorsqu'ils parlaient de leurs petits-enfants et ils en parlaient sans cesse, c'étaient toujours les enfants de leurs autres enfants, tellement ils s'en occupaient bien, et jamais de mes enfants, j'avais amené un sang non-breton et il fallait me punir, punir aussi mes enfants impurs.

C'est après ces belles paroles que j'ai eu le courage de demander le divorce. Je ne l'ai pas annoncé tout de suite au mari, me disant que s'il y avait trois jours de suite sans que je me fasse engueuler, sans qu'il saisisse méchamment les enfants, je la retire cette demande. Mais en deux mois, il n'y a pas eu un seul jour sans accès de colère démesuré par rapport à tout ce que je faisais mal, sans débordement physique ou psychologique majeur sur les enfants.

Puis le grand jour est venu, j'ai réussi à dire très calmement que j'avais demandé le divorce. Tout en sachant que je n'avais nulle part où aller dans l'immédiat, me réfugier le temps que la tempête passe. C'est à ce moment-là que j'ai compris que j'étais encore capable de prendre de bonnes décisions. Que j'étais suffisamment courageuse pour y arriver et que j'allais y arriver de toute façon.

Comme à son habitude lorsqu'il était ou s'imaginait être en face d'une énorme contrariété, le mari s'est mis à entrer et sortir de la pièce, claquant toutes les portes. Plusieurs fois. Il m'a rappelé en hurlant que j'avais dit le jour du mariage pour le meilleur ET pour le pire. Puis il est allé chercher les enfants, les a amenés au salon et a dit « Les enfants, je vais vous dire quelque chose dont je voudrais que vous vous rappeliez toute votre vie, c'est votre mère qui a demandé le divorce. »

A ce moment précis, j'ai su que je pourrai toujours compter sur mes enfants, qu'ils ne souhaitaient ardemment que la même chose que moi. Car à l'aîné de lui répondre, « Et alors? », le deuxième à partir cacher son fou-rire sous la table et la cadette à affirmer « Bon, d'accord! » Du haut de ses quatre ans, elle m'avait dit la semaine précédente, « Mais maman, tu ne peux pas rester avec papa, il ne t'aime pas. » Comme si ce jeune enfant était plus adulte que moi. C'était comique et tragique à la fois. Une scène que ne peut écrire que la vie vraie, celle qui ne nous loupe pas.

Oui, Yann-Ber, m'avait bien dit un jour de grande détresse, « Une fois qu'on sait ce qui t'a été fait, on peut bien avoir honte d'être Breton! » C'était un des rares à saisir l'ampleur de la monstruosité. Il a eu quasiment un soutien parental pour moi qui étais orpheline.

Qui sait, certains magistrats en rigolent probablement encore. Peut-être, mais n'auraient-ils pas pu empêcher quelques clauses de mon jugement de divorce, comme le fait de m'interdire de porter le nom de mes enfants? Je l'aurais enlevé de toute façon un jour au l'autre et plutôt rapidement que pas du tout, mais le fait de me rajouter des clauses d'un tout autre temps, c'était pathétique. Et presque drôle, mais ils n'auraient pas pu aller jusqu'à m'obliger à porter ce nom jusqu'à la fin de mes jours. Et là, c'est vraiment drôle et agréable. Et vraiment bon débarras.

Ils ont tous dû être drôlement contents et fiers d'eux dans l'ex-belle-famille du fait que je me retrouve dans la merde jusqu'au cou, toute seule. Ils en rajoutaient, mobilisaient des personnes des deux clans pour me traîner dans la boue, faire des témoignages stipulant que je manipulais les enfants, que j'étais une mauvaise épouse, mauvaise mère, perverse, manipulatrice.

Des gens qui avaient plus mangé à ma table que je n'ai jamais mangé aux leurs. Des gens à qui j'ai donné mes vingt meilleures années. Et leurs témoignages ont fait que ce divorce m'a coûté une somme monstrueuse, que je n'ai pas obtenu ce que d'autres reçoivent en cas de différence de salaire aussi notable. Et à qui d'autre a-t-on jamais osé demander un remboursement de mariage? Huit mille euros tout de même, en plus du reste.

Ils avaient réussi à installer le doute chez les magistrats, les avocats, les notaires. Moi aussi, j'aurais pu gagner un beau salaire, s'il n'avait pas toujours fallu que je me sacrifie pour la petite famille. Que je suive toutes les mutations du mari.

Heureusement que j'étais conseillée tout au long de cette période noire par le meilleur médecin généraliste que l'on puisse imaginer, malheureusement parti à la retraite depuis. Il m'avait bien dit « Barrez-vous, Madame, vous êtes dans la protection de l'enfance là ». Et il a tout de suite rajouté, « quoique vous fassiez maintenant, vous allez vous taper toutes les maladies possibles, alors autant vous extraire tout de suite avec vos enfants. Maintenant, tout de suite, comme ça, vous avez encore la chance de faire quelque chose d'autre de votre vie ». Puis, « Vous ne la recommencerez pas, n'écoutez pas les gens qui vous conseillent de refaire votre vie. Une vie ne peut pas être recommencée, mais elle peut continuer. »

Tout ça va bientôt faire deux décennies, les nodules qui avaient commencé à pousser sur ma thyroïde, à changer d'aspect au fil des ans, se sont heureusement calmés. Ils ne sont plus qu'à surveiller. Mais je le sais très bien, je n'étais pas programmée pour ce désagrément, ni pour tous les autres. C'est que j'avais été prise à la gorge, comme la jolie plante fleurissante. Qu'est-ce qu'elle a à fleurir aussi. Si elle ne donnait que des feuilles, on la laisserait sans doute tranquille. Non, faut qu'elle fasse gentiment de belles fleurs bien mignonnes, la conne!

**FANCH**

Il se peut que je sois un coureur de jupons alors. Mais bon, je ne suis pas le seul, ni le dernier. Quel mal y a-t-il à noter avec qui j'ai dansé quel jour, combien de fois, combien de verres j'ai payés à qui, avec qui j'ai pu conclure au bout de combien de jours, et celles auxquelles je n'ai même pas eu à payer le moindre resto ni cinéma.

Puis, je vais dans les détails, je me suis découvert un petit talent d'écrivain. Comme ça, dans les périodes de vaches maigres, et quand je ne suis pas inspiré, je consulte mon petit carnet et je vois bien qui je pourrais relancer, si rien ne marche pendant un certain temps. Si je n'arrive pas à faire de nouvelles rencontres.

Comment ça m'a pris de tenir mon petit carnet secret? Il y a quelques années, je me suis dit qu'il fallait bien que je maintienne mon corps dans un état présentable, pour les autres, mais évidemment pour moi aussi. Peut-être bien pour moi surtout. Car c'est moi que je vois dans la glace tous les matins, c'est moi que je pèse sur la balance tous les jours et c'est moi qui ai envie d'avoir quelqu'un dans son lit de temps en temps.

Tout avait donc commencé avec ce projet de maintien physique. Mens sana in corpore sano, les Romains le savaient bien déjà. Je me connais, si je fais les choses à moitié et si je ne les fais pas à fond, ça ne sert à rien et je n'arrive pas à m'imposer quelque chose sur la durée.

L'idée m'est donc venue que je devais prendre quatre cent bains de mer par an. J'ai la chance d'avoir la mer à côté et l'idée était donc de me faire une thalassothérapie permanente et gratuite. Pourquoi pas?

L'idée, c'était d'y aller deux fois les jours où il fait beau, donc plus de bains à l'année que de jours dans l'année. J'avais commencé il y a cinq ans, en avril. C'était un mois d'avril, où il commençait à faire doux et beau très tôt. Et j'ai commencé à un rythme de deux bains par jour tous les jours d'avril. Qu'est-ce que j'étais fier de moi, j'avais l'impression que j'avais pris une sacrée avance.

Mais il faut le dire franchement, mai et juin de cette année-là étaient vraiment pourris, et fin juin, je m'étais retrouvé avec un sacré retard sur le planning. Je n'étais pas encore habitué à une température en-dessous de 14 degrés. Puis l'été, j'avais programmé deux semaines de vacances dans les Alpes pour randonner, quelques cousinades et autres fêtes de famille, donc pas de bain de mer possible.

Ce qui fait qu'en septembre, j'avais mis le paquet. Parfois, j'allais le matin, le midi et l'après-midi. De rares fois, j'y allais même le soir. Ainsi, j'ai pu rattraper les bains perdus. Mais le stress, je ne vous raconte pas. C'était pire que d'aller bosser. Avant chaque bain, je notais la température extérieure, la force du vent, la température de l'eau, la force des courants.

Et je continue à le faire évidemment. Mais tout ça me prend beaucoup moins de temps, ça fait partie de la procédure pour ainsi dire, c'est tout. Il y a de bons sites météo maintenant, mais bon, je vérifie beaucoup par moi-même, tout dépend tellement de l'orientation de la plage, du passage des nuages. Vous vous rendez bien compte par vous-mêmes, des nuages, il y a en a de toutes sortes en quasi permanence dans ce pays.

Puis je suis équipé maintenant. J'ai des combinaisons de toutes les épaisseurs, différents chaussons, gants et bonnets. Je sais exactement ce qu'il me faut à quel moment pour me sentir bien. Et mon corps s'y est tellement habitué que je n'ai plus jamais froid, ni même en hiver.

J'ai une tringle remplie dans ma buanderie comme les placards de chambre d'autres personnes. Il faut juste ce qu'il faut, c'est tout. Ce n'est que comme ça que j'ai réussi à prendre 435 bains de mer il y a deux ans, 447 l'année dernière et si je continue sur ce rythme, je vais frôler les 500 bains cette année.

Comme les bains de mer sont réglés comme une bonne horloge suisse maintenant, j'ai profité de mon expertise pour mon autre carnet secret. Il faut bien que le coucou sorte quelquefois de son horloge. Et comme j'ai un corps d'athlète maintenant, j'attire les femmes. Et je sors, contrairement aux autres hommes qui boivent leur bière tout seuls devant leurs matchs à la télé.

Mon carnet est devenu une partie importante de ma vie. Disons que des carnets, j'en ai déjà même neuf. J'adore les consulter le soir avant d'aller me coucher, les feuilleter, repenser à tous les bons moments passés depuis la mort de ma femme. Quand j'y pense, combien j'étais triste quand elle m'a quitté si précipitamment.

A l'époque, je pensais vraiment que j'étais foutu et que j'allais être condamné à ne plus pouvoir coucher avec qui que ce soit. Jusqu'à la fin de mes jours. Alors que c'est à ce moment-là que la vie a vraiment commencé.

Il faudra juste que je réussisse à les brûler, ces carnets, avant de clamser, parce que ce serait quand-même con que mes enfants et petits-enfants tombent dessus après ma mort, ils me doivent quand-même du respect, je suis leur père et grand-père après tout.

## MORGANE

Elle me casse les pieds. Point. Point tout simplement. Pas de point d'exclamation. Plus de point d'exclamation. J'ai réussi à me calmer, à moins m'énerver, à moins me plaindre de ma situation inextricable.

Il faut franchement dire ce qui est. Elle est moche. Elle a le regard stupide. Deux trous à la place des yeux. Rien ne brille, rien ne scintille, rien ne s'allume. Je n'ai même pas envie de la regarder dans les yeux. Et moi, moi, j'aime ça, regarder les gens dans les yeux. Comme ça, je sais au moins à qui j'ai à faire.

Elle a ce regard stupide qui fait qu'on a même l'impression qu'elle a la bouche ouverte, alors qu'elle la tient fermée. Forcément, elle n'a rien à dire, rien d'intelligent, c'est sûr. Je l'observe de loin. Cette femme qui est son coup de foudre. Cette femme de cette belle histoire qui l'a laissé amer parce que ce serait mal passée pour lui. Elle l'aurait plaqué.

Faut être stupide tout de même pour plaquer un homme pareil. Qui c'est lui? Lui, il est mon coup de foudre à moi. Maintenant, j'ai enfin compris. Compris pourquoi il aime les tableaux de Botero. Moi, je les déteste, c'est un des peintres que je déteste le plus.

Il aime les grosses. Encore un point. Un point, c'est tout. J'ai compris. Donc, je n'ai aucune chance. Et je ne suis pas une de ces fameuses actrices prêtes à grossir de 30 ou 40 kilos pour décrocher un rôle intéressant. Pour ressembler à une matrone.

C'est plutôt les acteurs que les actrices qui s'infligent ça d'ailleurs. Je suis à prendre ou à laisser telle que je suis. Oui, tant pis pour le rôle de ma vie.

Un soir, je lui ai dit, « Faut qu'on parle anatomie féminine! » J'ai essayé de lui expliquer que les femmes de Botero n'existent pas dans la vraie vie. Que si c'est une femme de Botero qu'il veut, il ne la trouvera pas. Fallait qu'il se rende à l'évidence.

Avant qu'il ne tourne les talons, parce qu'il ne voulait pas écouter, pas m'entendre dire la vérité qui fait mal, j'ai eu le temps de lui dire tout de même que Botero place les seins bien trop haut sur le torse. Que des seins aussi ronds que de gros pomelos n'existent pas dans la nature. A moins qu'il n'aime que les femmes complètement refaites? Que de gros seins tombent forcément, que le téton ne peut en aucun cas se trouver en plein milieu du sein pomelos.

Bien sûr que les grosses cuisses existent, mais dans ce cas, elles ne sont jamais dépourvues de cellulite et n'ont jamais des formes régulières comme chez les femmes plus minces. Mince alors! « Tu ne vas pas me dire que tu ne regardes jamais les femmes sur la plage ou à la piscine?! »

Puis, les fesses, elles ne sont jamais aussi rondes que des pastèques, une fois de plus, une question de loi de la gravité. De loi de la nature. De même pour la chair et la peau lisse et bombée des fesses. Botero ne connait rien aux femmes. C'est le pire des misogynes.

Mais que voulez-vous, il est dans le déni. Et les hommes dans le déni, ça me connait. Ils me tournent le dos, comme si je disais des bêtises. Ou me jettent des regards noirs qui me tuent. Me tuent un temps. Puis comme je ne peux pas m'en empêcher, pas hypocrite pour un sou, je recommence, je dis que ce que je pense est à dire, à dire absolument. A dire à tout prix, peu importe les conséquences. Les conséquences pour moi surtout.

Et si c'est pour fâcher mon coup de foudre, tant pis. Me regarder dans la glace avec tous mes défauts, mais rester intègre et une belle personne, ça compte pour moi. Je pige à petites doses que ça ne pourra jamais le faire de toute façon. Il aurait tout de même pu m'épargner le « Pour former un beau couple, il faut être deux! ».

Donc là encore, ce n'est pas comme ça qu'on me parle. On dirait les paroles d'un abruti. C'est le point final, j'arrête d'y croire. Mais quelle déception alors!

Si elle ne m'a pas cassé les pieds au sens premier, au sens figuré, oui certainement. Tellement même que je suis contente de n'en avoir que deux. Mais concrètement aussi, elle m'a écrasé le pied gauche. Quelle idée de mettre des talons pareils et de peser une tonne! Alors que je dansais avec un vrai bon rockeur, je planais, je pensais m'envoler, puis vlan! Que je t'écrase! Saloperie! J'ai été obligée de m'asseoir sur le banc de touche. Touchée! Elle l'emporte, j'ai bien compris, mais de là à me mettre le pied en compote. Quand même!

Me voici aux urgences, on me demande si j'ai reçu un choc, s'il s'agit d'un traumatisme. Ô combien! Et pas que physique, moral aussi, émotionnel également, tout ce qu'ils veulent. Les radios diront la vérité à ce qu'on me dit. Mais la vérité, il n'y a que moi qui la connaisse.

En attendant mon tour pour faire les radios, je fais des recherches. Je tape « pied gauche signification » et le verdict tombe avant même de passer les radios!

Le côté gauche du corps est le yang. Le pied est notre point d'appui sur le sol, la partie sur laquelle tout notre corps repose et se repose pour les déplacements, les mouvements. C'est lui qui nous permet de « pousser » vers l'avant, et par conséquent d'avancer, mais aussi de bloquer nos appuis et par conséquent de camper sur nos positions. Le pied représente donc le monde des positions, l'extrémité manifestée de notre relation au monde extérieur.

Il symbolise nos attitudes, nos positions affirmées, le rôle officiel que nous jouons. Ne met-on pas le pied dans la porte pour la bloquer? Il représente nos critères de vie, voire nos idéaux. Il s'agit de la clé symbolique de nos appuis « relationnels ». C'est un symbole de liberté, car il permet le mouvement.

Les maux de pied expriment les tensions que nous ressentons dans nos positions face au monde. Ils signifient que nos attitudes habituelles, que les positions que nous prenons ou que nous avons, manquent de fiabilité, de stabilité ou de sécurité. Ne dit-on pas d'ailleurs de quelqu'un qui n'est pas tranquille, qui a peur ou qui n'ose pas affirmer ses opinions ou ses positions, qu'il « est dans ses petits souliers » ? - Comme moi, tiens, avec de petites ballerines. - Ne dit-on pas enfin de quelqu'un qui ne sait pas quelle attitude prendre par rapport à une situation qu'il ne sait pas sur quel pied danser? - Tiens, et il fallait justement que ça se passe en dansant un bon vieux rock.

J'ai même droit à un résumé, si jamais je n'avais toujours pas bien compris. Chaque fois que nous vivons des tensions dans la partie inférieure de notre corps, c'est le signe que, dans notre rapport à la relation à l'autre - désirs, volonté, impossibilité, incapacité, peurs - ou à nous-mêmes, nous vivons une tension équivalente, liée soit à notre incapacité supposée, soit à une incapacité venant de l'extérieur. Nous sommes en face d'une attitude, d'un rôle ou d'une position dans laquelle nous ne pouvons, ne savons ou n'arrivons pas à être.

Et qu'est-ce que j'apprends d'autre? Le côté gauche est associé au Yang, la symbolique paternelle : le père, l'époux, le fils, le frère, l'homme en général, la masculinité, la force, l'individualisme, la hiérarchie, l'autorité. - Donc, c'est foutu, comme si je ne le savais pas déjà.

Autant me lever de cette salle d'attente, rentrer. J'ai bien cherché mon mal de pied toute seule, à m'accrocher à ce qui n'est pas possible, pas compatible. Mais c'est mon tour et je me laisse faire, je suis sagement l'infirmière. On verra bien ce que diront les radios.

Causez toujours, vous m'intéressez! Que je la déteste, la fameuse loi de l'attraction des contraires. Elle a bousillé mon joli pied gauche et j'ai un mal de chien.

**MAEL**

J'ai procédé comme Sherlock Holmes, j'ai éliminé l'impossible et ce qui restait, même si c'était improbable, était forcément la vérité.

L'impossible, c'est bien la possibilité qu'elle ne m'aime pas du tout. Comment ne pourrait-elle pas m'aimer après les nuits torrides que nous avons passées ensemble? Depuis des années, je dansais de temps à autre avec elle. Sans plus. Puis ma femme me plaque une fois de plus et je ne sais pas, un soir ça a fait boum! Et depuis, je sais que c'est elle, la femme de ma vie et pas la femme dont je dois dire qu'elle est mienne.

L'improbable, c'est qu'elle veuille encore de moi. C'est improbable parce que j'ai cru bien faire en retournant auprès de ma femme, qui m'avait pourtant déjà quitté quatre fois. Mais bon, elle était revenue la cinquième fois et je pensais nous donner une nouvelle chance et sacrifier cette belle histoire juste parce qu'elle ne venait que de commencer.

C'est improbable et donc forcément la vérité. Sherlock Holmes ne se trompait jamais avec sa devise, il analysait toujours juste. Autant lui piquer sa formule magique. Elle me veut autant que je la veux. Il ne peut en être autrement. Je dois absolument la reconquérir. Les femmes pensent toujours qu'elles sont les seules à tomber folles amoureuses de quelqu'un. A nous, les hommes, ça nous arrive de la même manière. Disons, aux meilleurs parmi nous. Et j'ai pleuré, qu'est-ce que j'ai pleuré!

Depuis ce matin, je peaufine un SMS que je veux lui envoyer à minuit. J'écris et je claque des dents. Et je me les caille. C'est la Saint Sylvestre, le réveillon. Et je suis tout seul dans un mobil-home. J'ai quitté le foyer familial avant-hier, les enfants sont partis depuis des années de toute façon. Sur un coup de tête, je me suis barré.

Je voulais juste avoir un vide autour de moi et réfléchir la tête froide. Pour le froid, c'est réussi, c'est sûr. Mais je ne regrette rien, dès que je ne pense à rien, je ne pense qu'à elle. Donc je sais ce qu'il faut faire.

Je sais très bien qu'on ne fonctionne pas de la même manière, nous, les hommes et elles, les femmes. Donc avant d'envoyer mon SMS d'homme amoureux, faudrait que je le fasse lire à une femme neutre. Du coup, je propose à la copine d'une copine de ma femme de prendre un verre avec moi. Dit comme ça, ça semble foireux de mêler une femme de plus à mon affaire.

Mais elle me voit plus que ma femme. C'est ce qu'elle me dit quasiment tous les samedis quand on se croise en soirée. Je l'invite à danser, alors qu'elle devrait prendre plus de cours.

Un soir elle s'est mise à me parler de ses problèmes de coeur. Je lui ai raconté vaguement les miens. Elle est pathétique, on voit bien qu'elle cherche un homme qu'elle puisse rendre heureux, et en tant qu'homme, je vois bien qu'elle va être difficile à caser. Elle fait peur, elle semble si bien savoir ce qu'elle veut, alors que c'est tout le contraire quand on la connaît un peu.

Elle est vraiment chouette en fait. Mais pas mon type, et moi pas le sien. Du coup, il s'est installé une sorte de relation de cousinage entre nous.

Elle est contente, elle ne savait pas quoi faire de sa soirée, personne n'a pensé à l'inviter à quoi que ce soit. Ce n'est pas moi, que ça étonne. Elle sourit toujours, on s'habitue à la voir un peu partout, mais personne ne se pose jamais la question de savoir comment elle se débrouille pour ne pas déprimer. Une fois qu'on connait son histoire, on la trouve admirable, forcément.

Nous avons deux heures et demi devant nous, dans ce nouveau bar. Elle vient de lire mon SMS, « Une très belle et heureuse nouvelle année à toi! Joie, santé et épanouissement dans ta vie privée comme professionnelle! Bises » C'est donnant donnant, elle doit arranger mon SMS d'un point de vue de femme, pour que ça devienne le genre de SMS qu'une femme voudrait recevoir et qui peut relancer un nouveau chapitre de mon beau roman. Moi, je la pousse à rédiger un SMS un peu plus direct à l'homme qui l'intrigue depuis des années.

« T'es con, ou quoi?! », c'est ce qu'elle me dit. « Tu lui envoies un SMS professionnel et parfaitement banal?! Le genre de SMS que tu envoies à un partenaire commercial! Et c'est avec ça que tu veux arriver à quelque chose?! » Elle m'arrache le portable des mains. Heureusement que j'ai rédigé mon message en texte brouillon et pas encore sur la messagerie, elle serait capable de taper « envoyer » sans me demander la permission.

Là, ça fait un bon moment qu'elle tient mon portable dans ses mains, qu'elle n'arrête pas de pianoter, d'hésiter, d'effacer, de recommencer et moi, j'angoisse, elle en fera de trop, à coup sûr. Mais bon, je tiens son portable à elle et m'occupe de son message à elle. Du coup, j'y vais encore plus franco que je ne pensais.

Puis elle me le rend toute contente. Elle est fière d'elle, elle dit que c'est prêt à être envoyé. On se ressert à boire, avant de lire les SMS qu'on va envoyer. Moi une troisième bière. Elle prend une flûte de champagne. Elle dit, « Flûte alors, c'est le réveillon, c'est pas avec un verre de vin que j'ai envie de trinquer dans dix minutes! »

Elle a gardé mon début et fini dans les formes qu'il faut, comme elle dit. Du coup, ça donne « Une très belle et heureuse nouvelle année à toi! Joie, santé et épanouissement dans ta vie privée comme professionnelle! En tout cas, je sais que sans toi, mon année ne pourra en aucun cas être heureuse. Je ne pourrai avoir de joies sans partager la nouvelle année avec toi. J'ai besoin de toi pour rester en bonne santé. Je ne pourrai m'épanouir qu'à tes côtés. Ma vie professionnelle ne m'importera pas, si nous ne partagerons pas notre vie privée. Je t'embrasse tendrement. »

Elle me demande si je lui ai dit que je suis en mobil-home. Je dis, « Non, pourquoi? ». Elle me dit que c'est essentiel qu'elle le sache. Qu'elle sache à quel point je suis sérieux dans mes sentiments et ma volonté de vivre avec elle, rien qu'avec elle. Mais elle dit aussi, « Tant mieux, tu le lui confieras dans ton message ou coup de fil suivant, si jamais elle ne te prend pas au sérieux. »

Je croise les doigts pour ma nouvelle cousine, je pense que son SMS à elle est au point aussi. Mais bon, contrairement à mon histoire à moi, il n'y a jamais rien eu entre eux. Je pense que pour elle, c'est archi-cuit.

Mais je pourrai toujours lui conseiller de s'installer un temps dans un mobil-home, le camping était plein d'hommes comme moi qui venaient de se barrer de chez eux. Ou au point où elle en est, de se planter devant le Tribunal, juste pour voir qui sort des audiences de divorce.

## **NOLWENN**

Je suis allée voir un médium cet après-midi. Tout ce qu'il m'a dit, m'a tellement chamboulée que j'ai failli rester à la maison. Vraiment, si je pense que j'ai failli rester à la maison à cause de ces trois abrutis! Mais une fois que j'avais appris ce qu'il y avait à apprendre sur eux, je me suis dit, tu ne pourras pas croiser pire ce soir, non?

Je n'en reviens toujours pas, c'est le comble, débourser tout cet argent pour en savoir plus sur d'autres que soi? Et de surcroît, le fait qu'ils ne valent rien, ne me méritent pas, ne savent pas ce qu'ils veulent. Et ce n'est même pas moi qui l'ai dit, mais bien le médium.

C'est incroyable tout de même, je me suis dit que j'allais voir ce qu'il avait dans le ventre ce médium. Les copines l'ont tellement vanté qu'il fallait que je teste, moi aussi. Un peu pour tuer l'ennui et la déception amoureuse, bien sûr, j'avoue. Maline comme je suis, je ne lui ai rien raconté, pas planté un décor, pas donné le moindre indice, juste la raison pour laquelle j'étais venue.

J'ai fini par donner trois noms, sans distinction. Je n'ai pas prononcé l'un des noms avec plus de trémolos dans la voix que pour les autres, je n'ai pas fait plus de pause, tourné les yeux vers le ciel, bougé sur mon siège, aucune mimique ni gestuelle qui ait pu donner le moindre indice. Et il a tout de même vu clair et analysé mieux que moi. De l'argent bien investi finalement.

J'ai passé un temps fou en rentrant cet après-midi à quasiment vider toute mon armoire, d'abord étaler puis empiler mes vêtements, des petites robes surtout, sur mon lit 160 et je ne savais toujours pas ce que j'allais mettre. Descendre à sept reprises, à chaque fois monter deux paires de chaussures et ne pas en être plus avancée. Ensuite à me demander si je ne devais pas commencer par me demander si je ne devais pas laisser parler les chaussures en premier. Choisir une paire et choisir une tenue après.

Et c'est ce que je fis. Parce que du coup, je me suis demandée quelle paire je ne pourrai plus porter très longtemps. Question d'âge, beaucoup trop devient une question d'âge ces temps-ci. Question d'âge pour éviter d'être ridicule à un moment donné quand-même. J'essaie d'être lucide, j'ai une bonne vingtaine de paires que je pourrai encore porter quelque temps, mais certainement pas des décennies.

Nous parlons d'une décennie à tout casser, et vu le nombre de paires que je possède, quasiment rien ne sera usé au point de devoir les jeter. Passer aux chaussures orthopédiques sera un drame préprogrammé, je devrai les ranger à côté de mes plus beaux souliers. Il me sera constamment rappelé que je suis vieille.

Car je ne jette jamais rien, comme si j'avais connu la guerre, mais bon, on m'en a tellement parlé de la guerre que c'est comme si j'y avais été. Je garde toujours tout, tout pourra toujours servir. Même des talons hauts, alors que je serai grabataire. Donc je ne jetterai rien.

Mais par souci écologique aussi. J'avoue, pas très logique ni cohérent d'un point de vue écologique d'en avoir autant. Mais que voulez-vous, ça défoule bien les magasins de chaussures, à défaut d'avoir d'autres moyens de se défouler.

Peut-être que ridicule, je le suis déjà avec un certain nombre de paires. Mais je les adore et m'en fiche pour l'instant. Puis, tant que je n'ai pas de hallux, de douleurs aux orteils, à l'arche, au talon, à la cheville, une épine de talon ou un mal de dos, pourquoi se priver?

Alors que je sais pertinemment que la vieillesse va me rattraper plus vite que je ne le souhaite, essayons de rattraper toutes les décennies perdues. Parce que pour commencer, j'avais été un garçon manqué pendant trop longtemps, puis comme personne ne m'avait jamais dit que j'étais belle, ni même jolie, j'étais persuadée que ce n'était même pas la peine de me faire belle. Puis toutes les grossesses, ensuite les enfants dans les bras, je me serais cassé la figure avec des talons, et j'aurais écrasé les enfants au passage.

Puis un jour, la quarantaine bien avancée, le gros déclic. Je me faisais harceler par un patron qui avait une tête de moins que moi. Non, pas de harcèlement sexuel, le harcèlement tout court. J'ai failli y laisser ma peau, ma santé, mes compétences. Puis un jour de soldes, la toute dernière démarque, l'illumination. Et si je m'achetais des talons, pour de vrai, de vrais talons, des souliers à tomber par terre, une paire qui vaut un prix d'or à l'origine? Juste pour voir, s'amuser un peu? Et claquer de l'argent pour quelque chose de futile pour une fois?

Bien sûr que j'étais au bout du rouleau. Mais quand le rouleau est terminé, que font les caissiers et les caissières? Il faut en mettre un autre! Et donc voilà qu'un beau matin, je me plante avec des 9 cm sur plateau. Je traverse les couloirs et je vous assure, je ne le voyais plus.

Au début en tout cas, après je faisais exprès de ne plus le voir. Parce qu'avec ces engins qui vous obligent à vous tenir droite, du coup, je faisais carrément deux têtes de plus que lui. Sans blague, je ne le voyais plus, et lui qui pensait que je faisais exprès de ne pas le voir.

Du coup, il rasait les murs. D'un seul coup, il s'éclipsait dès que j'arrivais quelque part. Si j'étais assise, je trouvais un prétexte pour me lever. Et je n'avais qu'à me pencher légèrement en avant pour indiquer que je commençais à me lever qu'il disparaissait déjà de la pièce. C'était un petit chef de toute façon qui n'avait même pas le pouvoir de me licencier.

Quel con! Et quelle conne j'étais surtout! C'est à cette époque tardive que j'ai tout compris. Que tout était une question de taille. J'avais bien vu aussi sur le parking qu'il conduisait une grosse berline allemande. Non, ce n'est pas ce que je voulais dire. J'ai des amis de toutes les tailles et c'est bien anecdotique tant qu'on n'en fait pas tout un plat.

Oh, si seulement on pouvait avoir l'expérience de ses vieux jours dans ses jeunes années - et en manquer un peu pour ses vieux jours pour reconquérir un peu de légèreté!

Bon, d'accord, j'ai réussi à trancher : les chaussures rouge vermillon, 7 cm, talon superfin, petite lanière transversale, bouclette délicate. Tout ça à vous faire des chevilles de la mort, à tomber par terre aussi. Mais avec quoi les assortir?

Le wonderbra, c'est sûr, le seul soutif que j'ai en rouge vermillon et il faut que les affaires s'accordent un peu quand-même. Puis la petite robe rouge, cela va de soi. Je me regarde dans le miroir et me trouve belle, enfin belle. Même si les signes de l'âge ne trompent pas. Tant pis. C'est de cette tenue dont j'ai envie et je ne me dégonflerai pas. Une fois que j'ai décidé quelque chose, je ne change plus rien, je n'en bouge plus. C'est le temps de réflexion qui peut durer, mais même pas forcément. Je décide, je dis quelque chose et c'est du béton armé.

J'aimerais juste qu'il en soit autant pour les hommes que je peux croiser. Marre de ceux qui vous font espérer jouer le rôle principal d'un beau film et qui l'attribuent à une autre au final. Ras le bol de ceux qui restent avec vous et gardent un œil ouvert, guettant s'ils ne trouvent pas mieux. Lassée de ceux qui flirtent grave et dur et vous disent que c'est vous qui avez mal compris. Ras la casquette de ceux qui vous disent en pleine face qu'il n'y pas que la beauté extérieure qui compte, alors que vous êtes belle, non mais, sans blague. Désespérée de tous ces beaux mecs qui trouvent toujours plus belle, plus jeune que moi, et des fois même pas, mais ils changent d'avis.

Plus drôle, plus intelligente, plus cultivée et mieux élevée, ils ont du mal à trouver, mais cela ne semble pas être un critère valable. Ce sont des caractéristiques qui me desservent plus qu'autre chose, mais que voulez-vous, et comme a si bien dit le médium, je n'ai aucune influence sur l'image que je projette. Et pourtant, je continue les efforts.

Alors que cet après-midi, je me demandais sur lequel j'allais tomber ce soir, les voilà tous les trois ! Un vrai festival, une réunion au sommet, une faille dans l'univers.

Gireg que j'essaie d'impressionner en vain depuis des années, mais qui, comme dit le médium, du côté de l'amour va dans tous les sens et je ne mérite pas ça, vu la belle personne que je suis.

Elouan avec lequel j'ai essayé de me consoler pendant des années, faute de pouvoir avoir Gireg, mais comme a si bien dit le médium, ce n'était pas le bon, vraiment pas le bon. Et ce n'est pas que le médium que ça étonne que j'ai pu rester aussi longtemps avec lui.

Et pour couronner la dream team, Aodren. Celui dont j'ai appris par le médium que dès le départ, il n'a pas été honnête avec moi, qu'il n'avait jamais voulu rester avec moi. Alors que moi, je l'aimais vraiment bien et j'étais même en train de commencer à l'aimer tout court - au moment où il a coupé court.

Ils sont là tous les trois et je ne les vois pas. Je ne les verrai plus jamais depuis cet après-midi mémorable où j'ai si bien compris qu'il faut que je me tienne à l'écart d'eux. Et cette fois, je n'ai même pas besoin de magnétiseuse pour couper les liens définitivement, comme je l'ai fait faire pour mon ex-mari.

Qu'est-ce qu'elle avait raison ma grand-mère lorsqu'elle me répétait une vraie sagesse alors que je n'étais que petite fille et n'y comprenais rien. Elle devait se dire que tant pis si je ne pouvais comprendre à ce moment-là, un jour je comprendrai.

Et je la remercie pour sa sagesse.

Et ce jour où j'ai fini par comprendre, c'est bien aujourd'hui : lorsqu'ils t'ont déçue, ne reprends ni les bonnes, ni les amants. Et je rajoute donc les amants potentiels à la liste. C'est peut-être bien les plus décevants de tous.

## **BRIEG**

Elle vient de m'offrir un livre en me disant qu'elle est nulle vouloir m'offrir un livre, parce qu'un livre, c'est ce qu'il y a de plus compliqué à offrir à quelqu'un. Mais elle aurait eu l'impression qu'il me le fallait et elle me l'a acheté et le voilà. Tout ça fait quasiment deux mois maintenant et pendant tout ce temps, j'ai coupé court à tous ses messages. Non, je ne veux pas aller me promener. Non, je ne sais pas où on peut passer une bonne soirée ce weekend. Non, je ne veux pas t'accompagner à ce vernissage, parce que je ne vais jamais aux vernissages, puis, je n'aime pas les réceptions.

Alors que ce n'est pas forcément et exactement que je ne voulais pas la revoir, peut-être tout le contraire. Somme toute, elle est assez drôle et ça me fait du bien d'avoir une copine avec qui je peux rester ami sans la moindre ambiguïté. Mais si je l'avais revue, elle m'aurait demandé si j'avais lu le livre et ce que j'en pensais.

Comme je ne l'ai même pas entamé, ça aurait pu être gênant et elle aurait cru que je ne m'intéresse pas à elle, puisque je ne lis pas son bouquin. Du coup, j'ai commencé à le lire hier soir. J'ai lu pendant des heures avant de me coucher alors qu'on était samedi. Au lieu de sortir m'amuser un peu. Mais si j'étais sorti, je l'aurais revue, à coup sûr.

Je ne sais pas quoi penser. J'ai continué à lire sur le coup de trois heures et demi des matin. J'ai des insomnies pas possibles ces temps-ci. Je ne sais pas quoi penser, ni du fait qu'elle m'ait offert un livre, ni ce qu'elle voulait me dire à travers ce livre.

La seule chose qui est sûre, c'est que je n'ai pas l'habitude de lire ce genre de livre. Ce n'est pas juste un bestseller récent, c'est une véritable oeuvre littéraire du début du siècle dernier. Ce que je lis surtout, c'est sur le développement personnel, ou des bouquins de management, de stratégies de négociation, d'animation d'équipes. D'ailleurs ça me fait doucement rigoler, autrefois on dirigeait les équipes, maintenant on les anime. L'économie ou la politique à la rigueur, le reste ne m'intéresse pas vraiment.

Et là, je me retrouve à lire de la littérature, la vraie littérature, même pas française. Alors que la littérature, je ne la lisais même pas pour le lycée. Je ne pense pas qu'elle se soit moqué de moi en m'offrant ce livre. Elle avait l'air si heureuse en me l'offrant. C'est ce qu'il y a de plus chouette avec elle, c'est qu'elle est si spontanée et souriante qu'on est à l'aise toute de suite avec elle. Mais là, c'était trop quand-même, c'était comme si en m'offrant ce livre, elle avait carrément été allégée d'un poids.

Va comprendre. Va déjà comprendre les femmes en général. Mais alors là, celle-ci en particulier. Elle est à ne rien y comprendre. Comme son bouquin. Mais de quoi, bon sang, est-ce qu'il parle son bouquin? Des personnages de roman qui ont foutu leur vie en l'air. Carrément. Les cons. C'est tout ce que je comprends.

Deux jeunes qui se sont rencontrés brièvement, qui ont juste bavardé le temps de traverser un grand parc. Ils ne se sont pas donné de rendez-vous, ne se sont jamais vraiment revus. Mais peu de temps après la balade, la fille a appris que l'autre s'était marié et voilà qu'elle se marie au premier prétendant qui se pointe. Ils se sont croisés plusieurs fois au cours de leurs vies, mais ne se sont jamais abordés. Pourtant, chacun garde un souvenir ému de cette traversée de parc. Ce petit bout de chemin parcouru ensemble.

Des décennies sont passées par là, le jeune homme est devenu juge aux affaires familiales et doit divorcer la jeune fille devenue femme d'âge mûr. Dans le dossier, il apprend qu'elle habite juste au coin de la rue, alors qu'il ne l'a jamais croisée. La veille du jugement, il reçoit la visite du mari qui lui apprend qu'il vient d'assassiner sa femme. Il vient de l'assassiner parce qu'elle l'a quitté et que la seule raison qu'elle ait pu lui donner, était que le juge ne lui était jamais sorti de la tête. Et qu'elle ne pouvait plus faire comme si de rien n'était.

Alors qu'il n'y a pour ainsi dire jamais rien eu entre eux, que cette courte balade. Va comprendre. Moi, je n'y comprends rien, encore moins pourquoi elle m'a offert ce livre en particulier. J'ai perdu une nuit de sommeil, raté un samedi soir et gâché un dimanche parce que j'étais crevé à force.

Et je ne sais toujours pas ce que je peux bien lui dire à propos de son bouquin. Elle doit être tordue alors qu'elle semblait être une fille simple, enfin une qui ne te complique pas la vie.

Tiens, je lui donne une chance quand-même, je vais lui offrir « Les trente stratégies de développement personnel en entreprise ». Et je lui demanderai ce qu'elle en a pensé.

## LENA

J'ai un double bac+5 comme on disait à mon époque, une double maîtrise. Alors que là, je ne maîtrise plus rien du tout. Lui, je me demande franchement s'il a bien pu passer son bac, et si oui, dans quelle filière et avec quel résultat. Un mystère. A-t-il seulement passé son brevet?

Il creuse dans ma rue. Je ne sais même pas pourquoi ils creusent à nouveau, alors qu'ils ont déjà changé les canalisations, ou comme ils disaient, « les évacuations d'eau ». Ils se mettent à parler politiquement correct maintenant, eux aussi? Une canalisation est une canalisation! Ils n'auraient pas pu par la même occasion enterrer les fils électriques? C'est ce que j'avais conseillé à la mairie il y a trois ans par lettre recommandée avec accusé de réception.

Non, ils ne voulaient rien entendre. Il nous fallait une grosse tempête, comme s'il n'en avait jamais eu dans ce pays pour qu'ils comprennent qu'il valait mieux tout enterrer. Mais quel gâchis d'argent public, et que de pollution gratuite! A l'époque, on m'avait expliqué que les évacuations d'eau et l'électricité, ce n'était pas le même budget. Et qu'un budget doit être voté par le conseil municipal.

Depuis des années, je me demandais si la rue n'allait pas passer au patrimoine historique à cause de ces fils électriques vétustes accrochés sur des poteaux en béton qui commençaient à s'effriter. Un jour, ils auraient fini par tomber à cause de leur usure, c'est sûr. Ils nous auraient créé de superbes arcs électriques, on se serait retrouvé en plein feu d'artifices. Et ça, on n'a pas besoin d'être dans le bâtiment pour le deviner. Un peu de sens pratique commun suffit. Des fils électriques reliés par de jolis vases à l'envers en verre d'un vert bouteille, accrochés sur les poteaux moches déjà mentionnés.

Une installation si bien datée du début des années cinquante du siècle dernier que c'était à se demander si on ne devait pas toutes sortir en petticoat et les rares hommes de la rue se mettre de la gomina dans les cheveux qui leur restaient.

Et là, ça y'est enfin, on nous les enterre ces fils hideux. Mais pourquoi, ils ne nous installent pas aussi la fibre, tant qu'ils y sont ? Ils veulent vraiment tout rouvrir l'année prochaine ?

Mais cette fois, je ne contacte plus la mairie. Ils sont stupides et tant pis. Ou tant mieux parce qu'au passage, de ma cuisine, j'ai une sacrée vue de plombier sur l'homme musclé qui ne doit pas avoir brillé pour son brevet. Et l'année prochaine ce sera un autre encore. Et s'ils nous inventent autre chose, qu'ils ne se gênent pas, qu'on nous enterre une autre révolution technologique.

Tout à l'heure, je vais descendre et lui proposer de monter prendre un café. Il doit s'emmerder pas mal tout au long de la journée, lui aussi. Puis, là, ce ne sont plus les canalisations, il ne sentira même pas mauvais.

## *JAKEZ*

Après la réunion, je lui pète la gueule. Pour une fois que je déniche une fille qui semble réellement n'être sur aucun site de rencontre et que je suis sûr d'être le seul à avoir trouvée, il m'a encore devancé. Quel connard. En plus, il nous les abîme. Sa devise, je te prends, je te jette. Moi, je cherche une belle histoire, simple et vraie. Et qui dure.

J'en ai déjà suffisamment marre de voir sa gueule en soirée, il faut aussi qu'on bosse pour le même groupe, heureusement pas sur le même site, pas la même ville, pas la même branche exactement. Mais comptables tous les deux. Je n'ose même pas imaginer ce que j'aurais déjà fini par faire si je le voyais tous les jours au boulot. Mais là, je vais lui régler son compte.

Heureusement que je ne le vois pas tous les jours, mais il y a les grandes réunions, les grandes messes, comme aujourd'hui. Et devinez qui est encore le premier à prêcher la bonne parole ? Le patron le plus efficace, qui présente la plus grande marge de progression, qui trouve les stagiaires les plus efficaces et réussit à embaucher de nouvelles recrues à un salaire de misère? Qui a les clients aux les plus grands portefeuilles et donc les plus grands marchés et les plus grandes marges? C'est Jakez, évidemment, mais pas moi. Lui. Et ça, c'est le comble, on porte le même prénom, le même prénom de petit vieux.

Non seulement on a beaucoup d'amis en commun qui parfois mentionnent juste Jakez, mais les autres ne savent pas s'il s'agit de lui ou de moi. Combien de fois j'ai dû me justifier à la moindre rumeur, que bon sang, ce n'était pas de moi dont il s'agissait, mais de lui.

Le même prénom, c'est déjà suffisamment embêtant. Le même métier. Mais on est aussi tous les deux un peu dégarnis, lui plus que moi. Du coup, j'ai déjà entendu des gens dire, « Jakez, le chauve? » Et l'autre de dire oui, alors que ça ne suffit toujours pas pour nous distinguer. Donc, allez que je t'aligne les tares physiques, parce qu'on va aussi aux mêmes soirées, il n'y en a pas tellement dans le secteur. Alors comment voulez-vous que je sois tranquille?

Nous sommes sveltes tous les deux, nous avons le même âge, la même formation. Le même parcours, dans la même boîte depuis des décennies. Et on porte souvent des costards, le métier nous y oblige.

Il a une façon de s'approcher des femmes plus efficace que la mienne. Si ça se trouve, c'est notre seul vrai signe distinctif. Et il a le chic, dès qu'il y a une nouvelle femme que personne n'a jamais remarquée ou qui vient de se mettre à sortir le soir suite à une séparation douloureuse, c'est lui qui la déniche.

Alors que là, j'étais sûr de moi, sûr d'être le premier et d'avoir trouvé une femme vraiment chouette. Nous nous sommes promenés dimanche dernier. Nous avons fait quatorze kilomètres à discuter de choses et d'autres et absolument à aucun moment, elle ne m'a ennuyé. Je lui avais dit que nous pouvions manger ensemble le midi. Elle pensait qu'on allait au restaurant, mais j'avais préparé un pique-nique. Je la voyais craquer à cette annonce, craquer pour moi. C'est vrai que pique-niquer sous la pluie, c'était drôle et touchant à la fois. On avait dit qu'on allait le faire ce pique-nique et nous l'avons fait. Tant pis pour la pluie.

Puis un soir, nous avons co-voituré dans sa voiture pour aller à une soirée déguisée. Tu parles, ce jour-là, j'ai eu à peine le temps de m'enfiler un sandwich le midi, parce qu'il fallait que je me trouve un déguisement. Et le client le plus pénible à se pointer dès treize heures trente. Et essayer d'être en forme le soir pour faire quatre-vingt kilomètres. Quarante tout seul dans ma voiture et quarante dans la sienne. Remarque, elle conduisait bien, et c'était presque reposant.

Le lendemain, je lui ai demandé par messagerie, où nous en étions dans notre relation. Je voulais juste savoir. Et je m'en suis pris plein la gueule.

D'après elle, elle est uniquement amicale, note relation. Elle m'a remercié de poser la question de but en blanc. Elle a passé une bonne soirée avec moi, mais elle ne pense pas pouvoir aller plus loin. Elle préfère être franche, ça la perturbe, je la fais penser à Jakez. Elle aurait même rêvé de lui pendant la nuit, alors qu'elle aurait mis un temps fou à le sortir de sa tête. Elle est allée dans les détails: vous avez le même nom, travaillez pour la même entreprise et avez le même âge.

Elle aurait pensé à la fin de l'été avoir une belle histoire avec lui, mais il avait coupé court. Elle était même allée jusqu'à m'écrire que certains de mes amis les auraient vus ensemble et à quel point ils étaient bien assortis. Et pour finir, « Personne ne s'est rendu compte à quel point ça m'a abîmée. C'est con, je sais, mais je n'y peux rien et je suis désolée. »

Là, ça y est, l'autre a fini son discours. La matinée touche à sa fin. Les collègues vont au restaurant, c'est l'heure de midi. Il dit qu'il les rejoint dès qu'il a rangé son diaporama. Moi, je dis que je dois encore aller aux toilettes, mais que j'arrive de suite.

Par contre, on verra bien, mon vieux, dans quel état tu vas les rejoindre, toi! Puis, après ton petit passage à tabac, plus personne ne risque de nous confondre.